봄과 이수라

봄과 아수라

ISBN 979-11-89433-61-1 (04800)
ISBN 979-11-960149-5-7 (세트)

초판 1쇄 발행 2018년 4월 13일
초판 2쇄 발행 2018년 5월 29일
개정판 1쇄 발행 2022년 12월 9일
개정판 2쇄 발행 2024년 4월 11일

지은이 미야자와 겐지
옮긴이 정수윤
편집 이해임·김보미·김준섭·장지은·문새미
디자인 김마리
조판 남수빈

ⓒ 정수윤 · 인다, 2022

펴낸곳 인다
등록 제2017-000046호. 2015년 3월 11일
주소 (04035) 서울시 마포구 양화로11길 68, 2층
전화 02-6494-2001 **팩스** 0303-3442-0305
홈페이지 itta.co.kr **이메일** itta@itta.co.kr

봄과 아수라

미야자와 겐지 지음
정수윤 옮김

읻다

일러두기

• 이 책은 宮沢賢治, 《心象スケッチ 春と修羅》(關根書店, 1924)
  를 우리말로 옮긴 것이다.
• 저본으로는 《宮澤賢治全集 1》(筑摩書房, 2016)을 사용했다.
• 주석과 도입 설명 및 지도는 미야자와 겐지 연구가인 하라 시
  로原子郎의 《定本宮澤賢治語彙辭典》(筑摩書房, 2013)을 참고
  하여 옮긴이가 작성했다.

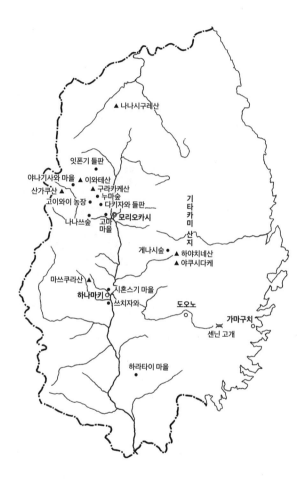

▲ 나나시구레산

잇폰기 들판
야나기사와 마을 ▲ 이와테산
산가쿠산 ▲ ▲ 구라카케산
• 누마숲
고이와이 농장 • 다키자와 들판
나나쓰숲 • ◈ 모리오카시
고마
마을

기타카미산지

게나시숲 ▲ 하야치네산
▲ 야쿠시다케

마쓰쿠라산 ▲ • 시혼스기 마을
하나마키 ○
쓰치자와 도오노 가마구치
센닌 고개

하라타이 마을
•

《봄과 아수라》에 나오는 이와테현 지명

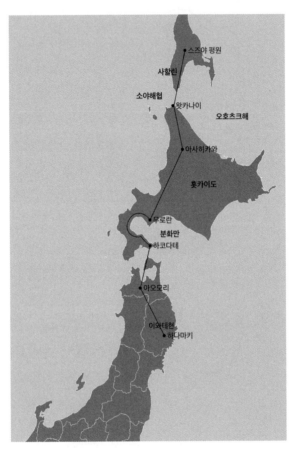

〈아오모리 만가〉, 〈오호츠크 만가〉 여행 동선(1923. 7. 31.~8. 12.)

心象スケツチ

春と修羅

심상 스케치

봄과 아수라

序

わたくしといふ現象は
仮定された有機交流電燈の
ひとつの青い照明です
　（あらゆる透明な幽霊の複合体）
風景やみんなといつしよに
せはしくせはしく明滅しながら
いかにもたしかにともりつづける
因果交流電燈の
ひとつの青い照明です
　（ひかりはたもち　その電燈は失はれ）

これらは二十二箇月の
過去とかんずる方角から
紙と鉱質インクをつらね
　（すべてわたくしと明滅し
　みんなが同時に感ずるもの）
ここまでたもちつゞけられた
かげとひかりのひとくさりづつ

서

나라고 하는 현상은
가정된 유기 교류 전등의
하나의 푸른 조명입니다
　(온갖 투명한 유령의 복합체)
풍경과 다른 모든 것과 함께
조조히 명멸하며
잇달아 또렷이 불을 밝히는
인과 교류 전등의
하나의 푸른 조명입니다
　(빛은 변함없으되　전등은 사라져)

이 시들은 스물두 달이라는
과거로 감지된 방향으로부터
종이와 광물질 잉크를 엮어
　(전부 나와 함께 명멸하고
　모두가 동시에 느끼는 것)
지금까지 이어온
빛과 그림자 한 토막씩을

13

そのとほりの心象スケッチです

これらについて人や銀河や修羅や海胆は
宇宙塵をたべ　または空気や塩水を呼吸しながら
それぞれ新鮮な本体論もかんがへませうが
それらも畢竟こゝろのひとつの風物です
たゞたしかに記録されたこれらのけしきは
記録されたそのとほりのこのけしきで
それが虚無ならば虚無自身がこのとほりで
ある程度まではみんなに共通いたします
　　（すべてがわたくしの中のみんなであるやうに
　　みんなのおのおののなかのすべてですから）

けれどもこれら新生代沖積世の
巨大に明るい時間の集積のなかで
正しくうつされた筈のこれらのことばが
わづかその一点にも均しい明暗のうちに
　　（あるいは修羅の十億年）
すでにはやくもその組立や質を変じ
しかもわたくしも印刷者も
それを変らないとして感ずることは
傾向としてはあり得ます

그대로 펼쳐놓은 심상 스케치입니다

이를 두고 사람과 은하와 아수라와 성게는
우주진을 먹고   또는 공기나 소금물을 호흡하며
저마다 신선한 존재론을 고민하겠지만
그 또한 각자의 마음에 비친 하나의 풍물입니다
다만 명확한 기록으로 남은 이들 풍경은
기록된 모습 그대로의 풍경이며
그것이 허무하다면 허무 자체가 그러하니
어느 정도는 모두에게 공통될 것입니다
    (전부가 내 안의 모두이듯이
      모두 안에 제각기 전부가 있으므로)

그러나 이들 신생대 충적세의
밝고 거대한 시간의 집적 속에서
마땅히 바로 그려졌을 이들 언어가
겨우 점 하나에도 균등한 명암 가운데
    (어쩌면 아수라에게는 십억 년의 시간)
어느 틈엔가 구조와 체질을 바꿔
심지어 나나 인쇄공조차
그 변화를 깨닫지 못하는 일도
경향으로서는 가능합니다

15

けだしわれわれがわれわれの感官や

風景や人物をかんずるやうに

そしてたゞ共通に感ずるだけであるやうに

記録や歴史　あるいは地史といふものも

それのいろいろの論料〔データ〕といつしよに

　　（因果の時空的制約のもとに）

われわれがかんじてゐるのに過ぎません

おそらくこれから二千年もたつたころは

それ相当のちがつた地質学が流用され

相当した証拠もまた次次過去から現出し

みんなは二千年ぐらゐ前には

青ぞらいつぱいの無色な孔雀が居たとおもひ

新進の大学士たちは気圏のいちばんの上層

きらびやかな氷窒素のあたりから

すてきな化石を発掘したり

あるいは白堊紀砂岩の層面に

透明な人類の巨大な足跡を

発見するかもしれません

すべてこれらの命題は

心象や時間それ自身の性質として

第四次延長のなかで主張されます

어쩌면 우리가 우리의 감각기관과

풍경과 인물을 느끼듯

그저 공통되게 느낄 뿐이듯

기록과 역사   혹은 지구의 변천사도

각종 데이터와 함께

　　(인과라는 시공간적 제약 아래)

우리가 느끼는 것에 불과합니다

아마 지금으로부터 이천 년쯤 흐른 뒤에는

꽤나 달라진 지질학이 통용되고

합당한 증거 또한 과거로부터 차차 드러나

모두가 이천 년 정도 전에는

창공 가득 무색의 공작새가 있었다 여기며

신진 학자들은 대기권의 최상층

눈부시게 아름다운 얼음 질소 부근에서

멋들어진 화석을 발굴하거나

혹은 백악기 사암층에서

투명한 인류의 거대한 발자국을

발견할지도 모릅니다

이 모든 명제는

심상과 시간 자체의 성질로서

사차원 연장 내에서 주장됩니다

＇

大正十三年一月廿日

宮沢賢治

›

1924년 1월 20일

미야자와 겐지

春と修羅

봄과 아수라

겐지는 인간을 우주 안에서 명멸하는 하나의 현상으로 인식했습니다. 자연의 운행과 법칙 속에 끝없이 깜박이며 시공간이라는 사차원 연장에 나타났다 사라지는 불빛으로요. 그렇다면 인간에게 언어란 어떤 의미일까요. 기록되고 인쇄된 문자는 언뜻 불변으로 보이지만 정말 그럴까요. 언어도 인간이나 다른 모든 것과 마찬가지로 빛과 그림자, 점과 여백의 끝없는 깜박임은 아닐까요.

햇살 눈부신 어느 날, 겐지는 수첩을 들고 마을 산책에 나섭니다. 빛의 반사와 굴절로 눈과 뇌리에 비친 직관들을 메모합니다. 무엇 하나 분명치 않은 형태와 순간, 그 풍경을 스케치하며 그 안에 살아 숨 쉬는 여러 층위의 나를 발견합니다. 때로는 아수라처럼 분노에 차서, 때로는 아이처럼 호기심 어린 눈으로. 나와 만물이 온통 뒤섞여 풍경이 나인지 내가 풍경인지 알 수 없습니다. 그렇기에 이 시집의 시들은 시라기보다는 '애초에 인간이라는 현상은 어떤 원리로 언어를 빚어내는가', '그 언어에 진실한 무언가를 담아낼 수 있는가'와 같은 근원적 고민 혹은 호기심에서 쓰인 심상 스케치에 가깝습니다. 이 스케치들은 언어로 본질에 다가가기 위한 하나의 실험인 셈입니다.

屈折率

七つ森のこつちのひとつが

水の中よりもつと明るく

そしてたいへん巨きいのに

わたくしはでこぼこ凍つたみちをふみ

このでこぼこの雪をふみ

向ふの縮れた亜鉛の雲へ

陰気な郵便脚夫のやうに

　　　（またアラツデイン　洋燈とり）

急がなければならないのか

굴절률

나나쓰숲 봉우리 가운데 하나가
물속보다 밝고
어마어마하게 큰데
나는 울퉁불퉁 언 길을 걸으며
울퉁불퉁 쌓인 이 눈을 밟으며
저기 움츠린 아연 구름 쪽으로
음울한 우편배달부처럼
        (또는 알라딘 램프를 찾아)
서둘러야 할까

くらかけの雪

たよりになるのは
くらかけつづきの雪ばかり
野はらもはやしも
ぽしやぽしやしたり黝んだりして
すこしもあてにならないので
ほんたうにそんな酵母のふうの
朧ろなふぶきですけれども
ほのかなのぞみを送るのは
くらかけ山の雪ばかり
　　　（ひとつの古風な信仰です）

구라카케산의 눈

의지할 것은 오직

끝없이 펼쳐진 구라카케산의 눈뿐입니다

들판도 숲도

푸석푸석하고 칙칙해져서

기대할 것이 전혀 없기에

그야말로 효모처럼 생긴

아슴푸레 흩날리는 눈보라지만

실낱같은 희망은

구라카케산의 눈뿐입니다

    (하나의 고풍스러운 신앙입니다)

日輪と太市

日は今日は小さな天の銀盤で
雲がその面を
どんどん侵してかけてゐる
吹雪も光りだしたので
太市は毛布の赤いズボンをはいた

일륜과 다이치

태양은 오늘 하늘의 작은 은반

구름이 그 면을

조금조금 침식한다

눈보라 비치니

다이치¹는 붉은 털바지를 입었다

---

1 겐지가 하나마키 가와구치 소학교에 다닐 때, 담임 선생님이 아이들을 조
  용히 시키기 위해 조금씩 읽어주던 동화 《집 없는 아이》의 주인공 이름
  에서 유래한 것으로 알려졌다. 프랑스 아동문학가 엑토르 말로의 작품으
  로 원작의 주인공 레미가 당시 일본에는 다이치라는 이름으로 번역되었
  다. 떠돌이 삶을 살면서도 연극을 하며 밝게 살아가는 소년 다이치가 겐
  지에게 각별한 감흥을 주었다.

丘の眩惑

ひとかけづつきれいにひかりながら

そらから雪はしづんでくる

電しんばしらの影の藍靛や<rt>インディゴ</rt>

ぎらぎらの丘の照りかへし

　　あすこの農夫の合羽のはじが

　　どこかの風に鋭く截りとられて来たことは

　　一千八百十年代の

　　佐野喜の木版に相当する

野はらのはてはシベリヤの天末

土耳古玉製玲瓏のつぎ目も光り

　　　（お日さまは

　　　　そらの遠くで白い火を

　　　　どしどしお焚きなさいます）

笹の雪が

燃え落ちる　　燃え落ちる

언덕의 현혹

한 조각씩 곱게 비치며
하늘에서 눈이 잠기어 든다
전신주 그림자의 인디고색과
언덕에 반짝이는 반사 빛

　　저기 저 농부의 우비 끝자락이
　　어디선가 불어온 칼바람에 찢겨
　　1810년대
　　사노키[1] 목판을 보는 듯하다

들판이 끝나는 곳은 시베리아 하늘가
영롱한 터키석 이음매도 빛나니
　　　　　(해님은
　　　　　　하늘 멀리서 하얀 불을
　　　　　　부글부글 끓이고 계십니다)

조릿대에 쌓인 눈이
타오르며 지네　타오르며 지네

1   사노야 키헤에(줄여서 사노키)라는 이름의 에도시대 출판 발행인이 찍어
내던 일본 특유의 전통 채색 목판화 우키요에를 가리킨다. 주로 에도시대
후기에서 메이지시대에 걸쳐 폭넓게 출판 활동을 했으며, 주요 작품으로
히로시게의 《에도명소江戶名所》,《후지36경不二三十六景》,《후지강 상류의
설경富士川上流の雪景》,《도카이도53역東海道五十三次》등이 있다. 1810년대는
서민 문화가 화려하게 꽃피던 분카시대(1804~1818)가 한창인 시기다.

カーバイト倉庫

まちなみのなつかしい灯とおもつて

いそいでわたくしは雪と蛇紋岩との

山峡をでてきましたのに

これはカーバイト倉庫の軒

すきとほつてつめたい電燈です

　　　（薄明どきのみぞれにぬれたのだから

　　　　巻烟草に一本火をつけるがいい）

これらなつかしさの擦過は

寒さからだけ来たのでなく

またさびしいためからだけでもない

카바이드 창고

거리의 은은한 불빛이 반가워
눈과 사문암으로 둘러싸인 산골짝을
서둘러 빠져나오니
그것은 카바이드 창고 처마에 달린
차고 투명한 전등이었습니다
　　(어스름 진눈깨비에 옷 젖었으니
　　잎담배 한 대를 태워야겠다)
이처럼 그리움으로 인한 찰과상은
추위 탓만도 아닐뿐더러
외로움 탓만도 아닙니다

コバルト山地

コバルト山地の氷霧のなかで
あやしい朝の火が燃えてゐます
毛無森のきり跡あたりの見当です
たしかにせいしんてきの白い火が
水より強くどしどしどしどし燃えてゐます

코발트 산지

코발트 산지 얼음 안개 속에서
수상한 아침의 불이 타오릅니다
게나시숲[1] 벌목터 부근입니다
분명 정신적인 힘이 깃든 하얀 불이
물보다 강하게 거침없이 활활 타오릅니다

---

1 홋카이도 지방에서 도호쿠 지방에 걸쳐 둥그스름한 형태의 산에 주로
   '숲'을 붙여 부른다. 게나시는 아이누어로 '나무가 우거진 산'을 뜻한다.

ぬすびと

青じろい骸骨星座のよあけがた

凍えた泥の乱反射をわたり

店さきにひとつ置かれた

提婆のかめをぬすんだもの

にはかにもその長く黒い脚をやめ

二つの耳に二つの手をあて

電線のオルゴールを聴く

도둑

창백한 해골 별자리 뜬 새벽녘
얼어붙은 진흙의 난반사를 건너
가게 앞에 놓인
데바의 꽃병을 훔친 자
문득 검고 긴 다리를 멈추고
두 손을 두 귀에 갖다 댄 채
전선의 오르골을 듣는다

恋と病熱

けふはぼくのたましひは疾み
鴉<ruby>鳥<rt>からす</rt></ruby>さへ正視ができない

　あいつはちやうどいまごろから

　つめたい青銅の病室で

　透明薔薇の火に燃される

ほんたうに　けれども妹よ

けふはぼくもあんまりひどいから

やなぎの花もとらない

사랑과 열병

오늘 나의 영혼은 황폐해
까마귀조차 바로 볼 수 없다
　누이는 이제
　차가운 청동 병실에서
　장밋빛 투명한 불에 타들어 가리
정말이지　그러나 누이여
오늘은 나도 너무 괴로워
버들개지마저 딸 수 없구나

春と修羅

(mental sketch modified)

心象のはひいろはがねから

あけびのつるはくもにからまり

のばらのやぶや腐植の湿地

いちめんのいちめんの諂曲模様

　（正午の管楽よりもしげく

　　琥珀のかけらがそそぐとき）

いかりのにがさまた青さ

四月の気層のひかりの底を

唾し　はぎしりゆききする

おれはひとりの修羅なのだ

　（風景はなみだにゆすれ）

砕ける雲の眼路をかぎり

　れいろうの天の海には

　　聖玻璃の風が行き交ひ

　　　ZYPRESSEN 春のいちれつ

　　　　くろぐろと光素を吸ひ

　　　　その暗い脚並からは

　　　　　天山の雪の稜さへひかるのに

봄과 아수라

(mental sketch modified)

심상의 잿빛 강철에서
으름덩굴은 구름에 휘감기고
찔레꽃 덤불과 부식된 습지
여기나 저기나 아첨의 무늬
  (정오를 알리는 소리보다 드높이
   호박 조각들이 쏟아질 무렵)
분노의 씁쓸함 혹은 미숙함
4월의 대기층 쏟아지는 햇빛 속을
침 뱉고 이 갈며 이리저리 오가는
나는 하나의 아수라로다
  (풍경은 눈물에 아른거리고)
조각난 구름 떼 망망히 펼쳐진
  더없이 영롱한 하늘의 바다에는
   수정처럼 투명한 바람이 불고
   ZYPRESSEN[1] 봄의 행렬
    새까만 빛 알갱이 들이마시는
     나무의 그 어두운 걸음걸음에는
      눈 덮인 산등성마저 반짝이는데

　　　　　（かげろふの波と白い偏光）

　　　まことのことばはうしなはれ

　　雲はちぎれてそらをとぶ

　　ああかがやきの四月の底を

　はぎしり燃えてゆききする

おれはひとりの修羅なのだ

　（玉髄の雲がながれて

　　どこで啼くその春の鳥）

日輪青くかげろへば

　　修羅は樹林に交響し

　　　陥りくらむ天の椀から

　　　　黒い木の群落が延び

　　　　　その枝はかなしくしげり

　　　すべて二重の風景を

　　喪神の森の梢から

　ひらめいてとびたつからす

　　　（気層いよいよすみわたり

　　　　ひのきもしんと天に立つころ）

草地の黄金をすぎてくるもの

ことなくひとのかたちのもの

けらをまとひおれを見るその農夫

ほんたうにおれが見えるのか

44

(아지랑이 물결과 새하얀 편광)

진실한 말은 설 자리를 잃고

구름은 가리가리 하늘을 난다

아아 빛나는 4월의 밑바닥을

이 갈고 성내며 이리저리 오가는

나는 하나의 아수라로다

(광물의 결을 닮은 구름이 흐르고

어디선가 우는 봄날의 새)

태양이 푸르게 일렁거리면

아수라는 수풀과 한데 어우러진다

움푹 꺼져 어둑한 하늘 속에서

검은 나무 군락이 뻗어 나오며

슬프도록 무성한 줄기를 이루니

이 모든 이중의 풍경을

상심의 숲속 가지 끝에서

번뜩이며 날아오르는 까마귀

(대기층도 이윽고 드맑게 개어

편백나무 고요히 하늘을 우러를 무렵)

금빛 초원을 빠져나온 자

무사히 사람의 형태를 갖춘 자

도롱이 걸치고 나를 보는 저 농부는

정말로 내가 보이는 것일까

まばゆい気圏の海のそこに
　（かなしみは青々ふかく）
ZYPRESSEN しづかにゆすれ
鳥はまた青ぞらを截る
　（まことのことばはここになく
　　修羅のなみだはつちにふる）

あたらしくそらに息つけば
ほの白く肺はちぢまり
　（このからだそらのみぢんにちらばれ）
いてふのこずゑまたひかり
ZYPRESSEN いよいよ黒く
雲の火ばなは降りそそぐ

눈부신 대기권 바다 밑에서

  (슬픔은 푸릇푸릇 깊어만 가니)

ZYPRESSEN 고요히 흔들리고

새는 또다시 창공을 가른다

  (진실한 말은 이곳에 없으니

  아수라의 눈물이 대지를 적시네)

새삼 하늘 향해 숨을 내쉬면

폐는 희끄무레 오므라들고

  (이 몸뚱이 하늘의 티끌로 흩어져)

은행나무 우듬지 다시 빛나니

ZYPRESSEN 마침내 검어지고

구름의 불꽃이 쏟아져 내린다

---

1 [독일어] 측백나무과 사이프러스를 뜻하는 'Zypresse'의 복수형이다. 유럽
   에서는 상록의 사이프러스가 죽음과 애도, 사후 영생의 상징으로 사용되
   어 묘지 인근이나 장례 때 자주 보이는 식물이다. 한편, 겐지는 '고흐 사
   이프러스의 노래'라는 제목의 단가를 남겼다. '사이프러스 / 분노는 타올
   라서 / 하늘의 구름 / 소용돌이마저도 / 불태우려 하누나サイプラスいかりは
   燃えて天雲のうづ巻をさへ灼かんとすなり' 이는 반 고흐의 사이프러스 그림을 본
   감격을 표현한 것으로 《봄과 아수라》의 이미지와도 중첩된다. 당시 일본
   에서 유행하던 문예지 《시라카바白樺》에는 고흐, 로댕, 세잔 등 유럽의 화
   풍이 널리 소개되었다.

春光呪咀

いつたいそいつはなんのざまだ

どういふことかわかつてゐるか

髪がくろくてながく

しんとくちをつぐむ

ただそれつきりのことだ

    春は草穂に呆け

    うつくしさは消えるぞ

      （ここは蒼ぐろくてがらんとしたもんだ）

頬がうすあかく瞳の茶いろ

ただそれつきりのことだ

      （おおこのにがさ青さつめたさ）

봄볕 저주

그게 대체 무슨 꼴인가
어찌 된 영문인지 알고는 있나
머리칼은 검고 길고
괴괴히 입을 다문다
단지 그뿐이다
　　봄은 풀 이삭에 정신이 팔려
　　아름다움은 사라지리라
　　　　(이곳은 검푸르고 텅 비었다)
발그레한 뺨에 갈색 눈동자
단지 그뿐이다
　　　　　　(오, 이 쓸쓸함 미숙함 냉정함이여)

有明

　　起伏の雪は

　　あかるい桃の漿をそそがれ

　　青ぞらにとけのこる月は

　　やさしく天に咽喉を鳴らし

　　もいちど散乱のひかりを呑む

　　　　（波羅僧羯諦　菩提　薩婆訶）

지새는달

굴곡진 눈 위로

밝은 복숭아 과즙 쏟아지고

푸른 하늘에 녹고 남은 달은

하늘에서 부드럽게 군침을 다시며

한 번 더 산란되는 빛을 삼킨다

　　(바라승아제　모지　사바하)[1]

1　《반야심경》의 맨 끝 소절로 '피안에 닿아 해탈에 이르니 행복하여라'라는
　의미.

谷

ひかりの澱

三角ばたけのうしろ

かれ草層の上で

わたくしの見ましたのは

顔いつぱいに赤い点うち

硝子様鋼青のことばをつかつて

しきりに歪み合ひながら

何か相談をやつてゐた

三人の妖女たちです

골짜기

빛의 웅덩이
구석진 텃밭 뒤편
건초 더미 위에서
제가 본 것은
얼굴 가득 붉은 점을 찍고서
유리처럼 반짝이는 푸른 언어로
연신 흔들거리며
무언가 속삭이던
세 요정들입니다

陽ざしとかれくさ

            どこからかチーゼルが刺し

            光パラフヰンの　蒼いもや

            わをかく　わを描く　からす

            烏の軋り……からす器械……

(これはかはりますか)

(かはります)

(これはかはりますか)

(かはります)

(これはどうですか)

(かはりません)

(そんなら　おい　ここに

　雲の棘をもつて来い　はやく)

(いゝえ　かはります　かはります)

            ………………………刺し

            光パラフヰンの蒼いもや

            わをかく　わを描く　からす

            からすの軋り……からす機関

햇살과 건초

      어디선가 산토끼꽃에 찔렸다

      빛나는 파라핀의   짙푸른 아지랑이

      빙빙 원을   그리는   까마귀

      삐걱대며 우는……까마귀 기계……

(이것은 변합니까)

(변합니다)

(이것은 변합니까)

(변합니다)

(이건 어떻습니까)

(변하지 않습니다)

(어이   그럼   여기에

 구름의 가시를 가져와   어서)

(아니오   변합니다   변합니다)

      ………………………… 찔렸다

      빛나는 파라핀의 짙푸른 아지랑이

      빙빙 원을   그리는   까마귀

      삐걱대며 우는……까마귀 엔진

雲の信号

あゝいゝな　せいせいするな

風が吹くし

農具はぴかぴか光つてゐるし

山はぼんやり

岩頸だつて岩鐘だつて

みんな時間のないころのゆめをみてゐるのだ

　　　そのとき雲の信号は

　　　もう青白い春の

　　　禁慾のそら高く掲げられてゐた

山はぼんやり

きつと四本杉には

今夜は雁もおりてくる

구름의 신호

아 좋구나 시원하구나
바람도 불고
농기구는 반짝이고
산은 어렴풋해
화산암도 화산봉도
시간이 존재하지 않던 시절의 꿈을 꾸네
    그때 구름의 신호는
    파르스름한 봄
    금욕의 하늘 높이 걸려 있었다
산은 어렴풋하고
시혼스기 마을에
오늘 밤은 기러기도 내려오겠지

風景

雲はたよりないカルボン酸
さくらは咲いて日にひかり
また風が来てくさを吹けば
截られたたらの木もふるふ
　さつきはすなつちに厩肥をまぶし
　　　　（いま青ガラスの模型の底になつてゐる）
ひばりのダムダム弾がいきなりそらに飛びだせば
　　　風は青い喪神をふき
　　　黄金の草　ゆするゆする
　　　　　雲はたよりないカルボン酸
　　　　　さくらが日に光るのはゐなか風だ

58

풍경

구름은 쉬이 변하는 카복실산

벚꽃은 피어 햇살에 반짝이고

또 바람 불어 풀잎 날리면

잘려나간 두릅나무도 살랑거린다

　조금 전 모래땅에 거름을 뿌려

　　　(푸른 유리 모형 같은 바닥이 됐네)

종달새 무리 지어 별안간 하늘로 날아오르면

　　바람은 푸른 상심을 날리고

　　황금빛 풀이　넘실거린다

　　　구름은 쉬이 변하는 카복실산

　　　햇살에 반짝이는 벚꽃이 시골스럽다

習作

キンキン光る

西班尼製です

　　（つめくさ　つめくさ）

こんな舶来の草地でなら

黒砂糖のやうな甘つたるい声で唄つてもいい

と	また鞭をもち赤い上着を着てもいい
ら	ふくふくしてあたたかだ
よ	野ばらが咲いてゐる　白い花
と	秋には熟したいちごにもなり
す	硝子のやうな実にもなる野ばらの花だ
れ	立ちどまりたいが立ちどまらない
ば	とにかく花が白くて足なが蜂のかたちなのだ
そ	みきは黒くて黒檀まがひ
の	（あたまの奥のキンキン光つて痛いもや）
手	このやぶはずゐぶんよく据ゑつけられてゐると
か	かんがへたのはすぐこの上だ
ら	じつさい岩のやうに
こ	船のやうに

습작

반뜩반뜩 빛나는
스페인제입니다
　　(토끼풀　토끼풀)
외래종이 자란 풀밭이니
흑설탕처럼 달콤하게 노래해 볼까

붙	채찍 들고 붉은 옷 걸쳐도 좋겠지
잡	폭신폭신하고 따뜻하구나
으	찔레꽃 피었네　하얀 꽃
려	가을에는 잘 익은 딸기처럼
할	유리 같은 열매도 열린다지
수	멈춰 서고 싶지만 멈출 수 없어
록	어쨌거나 꽃은 희고 모양은 꼬마쌍살벌
작	줄기가 검어 흑단인 줄 알았네
은	(머릿속이 번쩍이니 너무 아파)
새	꽤 멋진 덤불이라고
는	생각한 곳이 바로 이 위쪽
그	정말 바위처럼
손	선박처럼

とりはそらへとんで行く

据ゑつけられてゐたのだから

……仕方ない

ほうこの麦の間に何を播いたんだ

すぎなだ

すぎなを麦の間作ですか

柘植さんが

ひやかしに云つてゐるやうな

そんな口調がちやんとひとり

私の中に棲んでゐる

和賀の混んだ松並木のときだつて

さうだ

을 단단하게 자랐구나

벗 ……하는 수 없지

어 저런, 보리 사이에 뭘 뿌린 거야

나 쇠뜨기네

하 쇠뜨기를 보리밭에 사이짓기하다니

늘 쓰게 선생[1]처럼

로 놀림조로 중얼대는

날 말투를 쓰는 사람이

아 내 안에 살고 있다

가 소나무 빼곡한 가로수 길 걸을 때도

네[2] 그랬다

---

1 겐지를 가르친 모리오카고등농림학교 원예학 교수 쓰게 로쿠로.

2 시인 기타하라 하쿠슈가 번역하여 가사를 붙인 오페라 〈카르멘〉의 아리아 '사랑은 길들지 않은 새'의 한 소절.

休息

そのきらびやかな空間の
上部にはきんぽうげが咲き
　　　（上等の butter-cup ですが
　　　　牛酪よりは硫黄と蜜とです）
下にはつめくさや芹がある
ぶりき細工のとんぼが飛び
雨はぱちぱち鳴つてゐる
　　　（よしきりはなく　なく
　　　　それにぐみの木だつてあるのだ）
からだを草に投げだせば
雲には白いとも黒いともあつて
みんなぎらぎら湧いてゐる
帽子をとつて投げつければ黒いきのこしやつぽ
ふんぞりかへればあたまはどての向ふに行く
あくびをすれば
そらにも悪魔がでて来てひかる
　　このかれくさはやはらかだ
　　もう極上のクツシヨンだ

휴식

그 찬란한 공간

위쪽에는 미나리아재비가 피고

    (최상급 butter-cup[1]인데

      버터보다는 유황과 꿀에 가깝습니다)

아래에는 토끼풀과 미나리가 자란다

양철 세공 잠자리가 허공을 날고

비는 후드득 소리를 낸다

    (휘파람새   휘휘 울고

      쉬나무도 있다)

풀밭에 털썩 몸을 던지면

희기도 하고 검기도 한 구름이

한꺼번에 해반닥 솟구쳐 오른다

벗어 던진 모자는 검은 버섯 샤포

몸을 뒤로 젖히면 고개가 둑 저편으로 향한다

하품을 하면

하늘에서 악마가 번뜩거린다

   이 건초 더미는 푹신하다

   더할 나위 없는 쿠션이다

雲はみんなむしられて
青ぞらは巨きな網の目になつた
それが底びかりする鉱物板だ
　　よしきりはひつきりなしにやり
　　ひでりはパチパチ降つてくる

구름은 죄다 잡아 뜯기어

창공이 커다란 그물코가 되었다

그윽이 빛 발하는 광물판이다

　휘파람새는 쉴 없이 울고

　여우비가 투둑투둑 내리고 있다

1　[영어] 미나리아재비. 작고 노란 꽃이 버터가 담긴 컵을 닮았다는 데서 유래했다. 한국과 일본 등지 볕이 잘 드는 초여름 들판에서 꽃이 핀다.

おきなぐさ

風はそらを吹き

そのなごりは草をふく

おきなぐさ冠毛の質直

松とくるみは宙に立ち

　　（どこのくるみの木にも

　　　いまみな金のあかごがぶらさがる）

ああ黒のしやつぽのかなしさ

おきなぐさのはなをのせれば

幾きれうかぶ光酸の雲

할미꽃

바람은 하늘로 불고
그 여운에 풀잎이 살랑거린다
할미꽃 솜털의 소박함이여
소나무와 호두나무는 공중에 솟아
    (호두나무마다
      대롱대롱 매달린 금빛 아기들)
아아 검은 모자의 슬픔
할미꽃 한 송이 꺾어 꽂으니
빛에 산화되는 구름 조각들

かはばた

かはばたで鳥もゐないし
　（われわれのしよふ燕麦の種子は）
風の中からせきばらひ
おきなぐさは伴奏をつゞけ
光のなかの二人の子

강가

강가에는 새 한 마리 보이지 않고
　(우리가 심을 귀리 씨앗은)
바람 속에서 헛기침한다
할미꽃은 연주를 이어가고
쏟아지는 빛 속에 두 아이 간다

真空溶媒

진공용매

겐지는 자연계에 존재하는 생물체의 대부분이 콜로이드 상태라는 점에 착안해 우주를 운행하는 별들도 콜로이드와 같은 원리로 존재한다고 생각했습니다. 수억 개의 별들이 모여 하나의 상을 형성하는 은하의 이미지는 미립자가 반투막 안에 무수히 흩어져 상을 이루는 자연계의 콜로이드 상태와 흡사합니다. 특히 대기권은 구름과 안개 같은 물의 미립자들이 분산된 콜로이드 용액이라는 발상에서, 대기권의 밑바닥에 존재하는 산과 들과 인간도 콜로이드 용액의 침전물로서 언제든 상황에 따라 융합한다는 상상을 했지요.

〈진공용매〉에서는 이 모든 것을 녹이는 용매가 진공이 아닐까 하는 공상이 펼쳐집니다. 예를 들어 허공에 지팡이를 휘두르는 장면은 비커 안 용액을 유리 막대로 휘젓는 모습을 연상케 하지요. 진공 안에서는 시공간마저도 구획이 명확치 않다고 할 때, 삶과 죽음 또한 단절이 아니라 어떤 방식으로든 서로 이어져 유기적으로 존재하는 것인지도 모릅니다. 겐지는 콜로이드라는 화학반응에 빗대어 불교의 윤회와도 맥이 닿는 자기만의 존재철학을 드러냅니다.

真空溶媒

(Eine Phantasie im Morgen)

融銅はまだ眩めかず

白いハロウも燃えたたず

地平線ばかり明るくなつたり陰つたり

はんぶん溶けたり澱んだり

しきりにさつきからゆれてゐる

おれは新らしくてパリパリの

銀杏なみきをくぐつてゆく

その一本の水平なえだに

りつぱな硝子のわかものが

もうたいてい三角にかはつて

そらをすきとほしてぶらさがつてゐる

けれどもこれはもちろん

そんなにふしぎなことでもない

おれはやつぱり口笛をふいて

大またにあるいてゆくだけだ

いてふの葉ならみんな青い

冴えかへつてふるへてゐる

いまやそこらは alcohol 瓶のなかのけしき

진공용매

(Eine Phantasie im Morgen)[1]

구리물은 아직 이글거리지 않고
하얀 햇무리도 타오르기 전
지평선만 밝아졌다 그늘이 졌다
반쯤 녹았다 가라앉았다
아까부터 쉴 새 없이 흔들리고 있다
나는 무성히 새로 자란
은행나무 가로수 길을 걷는다
그중 한 그루 수평으로 뻗은 가지에
유리처럼 반짝이는 근사한 새싹이
제대로 된 삼각 모양을 갖추고
하늘을 비추며 매달려 있다
하지만 물론 이건
그리 신기한 일이 아니다
난 그저 휘파람을 불며
성큼성큼 앞으로 나아갈 뿐이다
은행잎들은 모두 푸르고
다시금 무성히 흔들리고 있다
지금 이곳은 alcohol 병 속 풍경

白い輝雲のあちこちが切れて

あの永久の海蒼がのぞきでてゐる

それから新鮮なそらの海鼠の匂

ところがおれはあんまりステツキをふりすぎた

こんなににはかに木がなくなつて

眩ゆい芝生がいつぱいいつぱいにひらけるのは

さうとも　銀杏並樹なら

もう二哩もうしろになり

野の緑青の縞のなかで

あさの練兵をやつてゐる

うらうら湧きあがる昧爽のよろこび

氷ひばりも啼いてゐる

そのすきとほつたきれいななみは

そらのぜんたいにさへ

かなりの影きやうをあたへるのだ

すなはち雲がだんだんあをい虚空に融けて

たうとういまは

ころころまるめられたパラフキンの団子になつて

ぽつかりぽつかりしづかにうかぶ

地平線はしきりにゆすれ

むかふを鼻のあかい灰いろの紳士が

うまぐらゐあるまつ白な犬をつれて

78

하얗게 빛나는 구름은 여기저기 잘려나가
저 영구한 바닷속 짙푸름이 얼굴을 내민다
이어지는 하늘의 신선한 해삼 향
그나저나 내가 지팡이를 너무 휘둘렀나 보다
느닷없이 나무들이 사라지고
눈부신 잔디밭이 그득그득 펼쳐진 것을 보면
그렇고 말고   은행나무 가로수 길은
3킬로미터도 더 지나왔고
들판의 청록 줄무늬 속에서
병사들이 아침 훈련을 한다
화창하게 샘솟는 이른 새벽 상쾌함에
얼어붙은 종달새도 노래를 한다
그 맑고 깨끗한 울림이
하늘 전체에
영향을 미친다
그리하여 구름이 점차 푸른 허공에 녹아
이윽고 지금은
둥글게 빚은 파라핀 경단이 되어
동실동실 고요히 떠오른다
지평선은 줄곧 흔들리고
저편에 코 빨간 회색빛 신사가
말만 한 흰 개를 데리고

あるいてゐることはじつに明らかだ

　　　（やあ　こんにちは）

　　　（いや　いゝおてんきですな）

　　　（どちらへ　ごさんぽですか

　　　なるほど　ふんふん　ときにさくじつ

　　　ゾンネンタールが没くなつたさうですが

　　　おききでしたか）

　　　（いゝえ　ちつとも

　　　ゾンネンタールと　はてな）

　　　（りんごが中つたのださうです）

　　　（りんご　ああ　なるほど

　　　それはあすこにみえるりんごでせう）

はるかに湛へる花紺青の地面から

その金いろの苹果の樹が

もくりもくりと延びだしてゐる

　　　（金皮のまゝたべたのです）

　　　（そいつはおきのどくでした

　　　はやく王水をのませたらよかつたでせう）

　　　（王水　口をわつてですか

　　　ふんふん　なるほど）

　　　（いや王水はいけません

・　　やつぱりいけません

80

걷는 모습이 또렷하다

    (아　안녕하세요)

    (오　날씨가 좋군요)

    (어디　산책이라도 가십니까

    그래요　흠흠　그런데 어제

    존넨타르[2]가 죽었다는데

    아시는지요)

    (저런　금시초문입니다

    존넨타르가요　어쩌다가요)

    (사과에 당했다고 합니다)

    (오　저런　사과라니

    저기 보이는 저 사과겠군요)

아득히 짙푸른 남빛 지면에서

바로 그 금색 사과나무가

일렁일렁 뻗어 있다

    (금사과를 껍질째 먹은 겁니다)

    (그것 참 안됐군요

    얼른 왕수를 마시게 했더라면 좋았을 텐데)

    (왕수 말입니까　입을 벌려서요

    으흠　그렇군요)

    (아 왕수는 안 되겠습니다

    아무래도 어렵겠어요

死ぬよりしかたなかつたでせう

　　　うんめいですな

　　　せつりですな

　　　あなたとはご親類ででもいらつしやいますか)

　　(えゝえゝ　もうごくごく遠いしんるゐで)

いつたいなにをふざけてゐるのだ

みろ　その馬ぐらゐあつた白犬が

はるかのはるかのむかふへ遁げてしまつて

いまではやつと南京鼠のくらゐにしか見えない

　　(あ　わたくしの犬がにげました)

　　(追ひかけてもだめでせう)

　　(いや　あれは高価いのです

　　　おさへなくてはなりません

　　　さよなら)

苹果の樹がむやみにふえた

おまけにのびた

おれなどは石炭紀の鱗木りんぼくのしたの

ただいつぴきの蟻でしかない

犬も紳士もよくはしつたもんだ

東のそらが苹果林のあしなみに

いつぱい琥珀をはつてゐる

そこからかすかな苦扁桃の匂がくる

죽을 수밖에 없었던 겁니다
운명입니다
섭리입니다
당신 친척이라도 됩니까)
(네   꽤 먼 친척이긴 한데)
뭘 그리 시시덕대고 있나
저기   말만 한 흰 개가
까마득히 멀리 달아나
지금은 겨우 생쥐만 해 보이는데
(아   제 개가 달아났습니다)
(쫓아가도 소용없을 텐데요)
(안 됩니다   비싼 개예요
잡아야 합니다
그럼 이만)
사과나무가 터무니없이 늘었다
심지어 더 자랐다
나 같은 사람은 석탄기 인목 아래
개미 한 마리에 불과한데
개와 신사는 잘도 달리는구나
동쪽 하늘이 사과나무 숲 그늘에
반짝이는 호박을 가득 박았다
거기서 어렴풋이 감복숭아 향이 난다

すつかり荒さんだひるまになつた

どうだこの天頂の遠いこと

このものすごいそらのふち

愉快な雲雀もとうに吸ひこまれてしまつた

かあいさうにその無窮遠の

つめたい板の間にへたばつて

瘠せた肩をぷるぷるしてるにちがひない

もう冗談ではなくなつた

画かきどものすさまじい幽霊が

すばやくそこらをはせぬけるし

雲はみんなリチウムの紅い焔をあげる

それからけはしいひかりのゆきき

くさはみな褐藻類にかはられた

こここそわびしい雲の焼け野原

風のヂグザグや黄いろの渦

そらがせはしくひるがへる

なんといふとげとげしたさびしさだ

　　　（どうなさいました　牧師さん）

あんまりせいが高すぎるよ

　　　（ご病気ですか

　　　　たいへんお顔いろがわるいやうです）

　　　（いやありがたう

거친 낯이 완연해졌다

천체의 꼭대기는 멀기만 하니

이 얼마나 거대한 하늘의 수렁인가

유쾌한 종달새도 진즉에 빨려갔다

가엾게도 무궁히 먼 저곳

차가운 마룻바닥에 주저앉아

야윈 어깨를 바들바들 떨고 있겠지

이러고 있을 때가 아니다

화가들의 무시무시한 유령이

날쌔게 그림 밖으로 빠져나오고

구름은 하나같이 붉은 리튬 불꽃을 피운다

뒤이어 험상궂은 불빛이 오가니

풀은 모조리 갈조류로 변했다

이곳이야말로 구름이 불타 적막한 들판

지그재그로 부는 바람과 누런 소용돌이

하늘이 분주히 번드친다

이 얼마나 심술궂은 쓸쓸함인가

　　　(무슨 일이십니까　목사님)

키가 커도 너무 크네

　　　(어디 편찮으십니까

　　　 안색이 안 좋으신데요)

　　　(아뇨 괜찮습니다

べつだんどうもありません

　　あなたはどなたですか)

　(わたくしは保安掛りです)

いやに四かくな背嚢だ

そのなかに苦味丁幾や硼酸や

いろいろはひつてゐるんだな

　(さうですか

　　今日なんかおつとめも大へんでせう)

　(ありがたう

　　いま途中で行き倒れがありましてな)

　(どんなひとですか)

　(りつぱな紳士です)

　(はなのあかいひとでせう)

　(さうです)

　(犬はつかまつてゐましたか)

　(臨終にさういつてゐましたがね

　　犬はもう十五哩もむかふでせう

　　じつにいゝ犬でした)

　(ではあのひとはもう死にましたか)

　(いゝえ露がおりればなほります

　　まあちよつと黄いろな時間だけの仮死ですな

　　ううひどい風だ　まゐつちまふ)

별일 아닙니다

　당신은 누구신지요)

　(저는 보안관입니다)

멋없이 각진 배낭을 메고 있구나

저 안에 식욕증진제며 붕산이며

온갖 게 다 들어 있겠지

　(그렇습니까

　오늘 같은 날은 일하기 힘드시겠습니다)

　(고마워요

　안 그래도 오는 길에 쓰러진 사람을 발견했어요)

　(누구요)

　(멀쩡한 신사였습니다)

　(코가 빨간 사람 아닙니까)

　(맞습니다)

　(개를 찾았던가요)

　(죽어가면서 그런 소리를 했는데

　개가 벌써 25킬로미터나 달아났다지요

　정말 멋진 개였습니다)

　(그럼 그 사람 죽었습니까)

　(아니요 이슬이 내리면 나을 겁니다

　뭐 황색 시간 동안만 가사 상태겠지요

　후우 엄청난 바람이네　큰일이야)

まつたくひどいかぜだ

たふれてしまひさうだ

沙漠でくされた駝鳥の卵

たしかに硫化水素ははひつてゐるし

ほかに無水亜硫酸

つまりこれはそらからの瓦斯の気流に二つある

しようとつして渦になつて硫黄華ができる

　　　　　気流に二つあつて硫黄華ができる

　　　　　　　　気流に二つあつて硫黄華ができる

　（しつかりなさい　しつかり

　　もしもし　しつかりなさい

　　たうとう参つてしまつたな

　　たしかにまゐつた

　　そんならひとつお時計をちやうだいしますかな）

おれのかくしに手を入れるのは

なにがいつたい保安掛りだ

　必要がない　どなつてやらうか

　　　　　　どなつてやらうか

　　　　　　　　どなつてやらうか

　　　　　　　　　　どなつ……

水が落ちてゐる

ありがたい有難い神はほめられよ　雨だ

진짜로 거센 바람이다

쓰러질 듯해

사막에서 썩은 타조알

분명 황화수소가 있을 것이고

그 밖에 아황산가스

그러니까 하늘에는 두 개의 가스 기류가 있다

충돌 소용돌이로 유황화가 생긴다

   두 기류가 만나 유황화가 생긴다

     두 기류가 만나 유황화가 생긴다

  (정신 차리세요 정신

  여보세요 정신 좀 차려보세요

  이럴 수가 죽어버렸군

  죽은 게 분명해

  그렇다면 시계나 챙겨볼까)

그러면서 내 호주머니에 손을 넣는다

보안관은 무슨 놈의 보안관이냐

고얀 놈 혼을 내줄까

    혼을 내줄까

     혼을 내줄까

      혼을……

물이 떨어진다

감사하다 감사해 신의 축복이여 비가 내린다

悪い瓦斯はみんな溶けろ

　　（しつかりなさい　しつかり

　　もう大丈夫です）

何が大丈夫だ　おれははね起きる

　　（だまれ　きさま

　　黄いろな時間の追剥め

　　飄然たるテナルデイ軍曹だ

　　きさま

　　あんまりひとをばかにするな

　　保安掛りとはなんだ　きさま）

いゝ気味だ　ひどくしよげてしまつた

ちゞまつてしまつたちひさくなつてしまつた

ひからびてしまつた

四角な背嚢ばかりのこり

たゞ一かけの泥炭になつた

ざまを見ろじつに醜い泥炭なのだぞ

背嚢なんかなにを入れてあるのだ

保安掛り　じつにかあいさうです

カムチヤツカの蟹の缶詰と

陸稲の種子がひとふくろ

ぬれた大きな靴が片つ方

それと赤鼻紳士の金鎖

해로운 가스는 모조리 녹아라

　　(정신 차리세요　정신

　　이제 괜찮을 겁니다)

괜찮긴　나는 벌떡 일어났다

　　(닥쳐라　이놈아

　　황색 시간을 활보하는 노상강도야

　　테나르디에[3]만큼이나 뻔뻔하구나

　　이 자식

　　누굴 바보로 아나

　　보안관이라는 자가 할 짓이냐)

속이 다 시원하다　녀석은 풀이 죽었다

오그라들었다 자그매졌다

바싹 말라버렸다

각진 배낭만을 남긴 채

한 조각 석탄이 됐다

꼴좋다 진짜 못생긴 석탄이로군

배낭에는 뭘 넣고 다니는 거지

보안관도　가엾다

캄차카 게 통조림에

밭벼 씨앗이 한 움큼

축축하고 커다란 신발 한 짝

거기다 코 빨간 신사의 개 목줄

どうでもいゝ　実にいゝ空気だ

ほんたうに液体のやうな空気だ

　　　（ウーイ　神はほめられよ

　　　みちからのたたふべきかな

　　　ウーイ　いゝ空気だ）

そらの澄明　すべてのごみはみな洗はれて

ひかりはすこしもとまらない

だからあんなにまつくらだ

太陽がくらくらまはつてゐるにもかゝはらず

おれは数しれぬほしのまたたきを見る

ことにもしろいマヂエラン星雲

草はみな葉緑素を恢復し

葡萄糖を含む月光液は

もうよろこびの脈さへうつ

泥炭がなにかぶつぶつ言つてゐる

　　　（もしもし　牧師さん

　　　あの馳せ出した雲をごらんなさい

　　　まるで天の競馬のサラアブレッドです）

　　　（うん　きれいだな

　　　雲だ　競馬だ

　　　天のサラアブレッドだ　雲だ）

あらゆる変幻の色彩を示し

아무렴 어때 공기가 참 맑다
정말이지 액체 같은 공기로구나
        (휘익 신의 축복이여
        길가에서 찬양하세
        휘익 공기가 좋구나)
더러움을 씻어낸 맑디맑은 하늘에
빛은 잠시도 멎지 않는다
그러니 저토록 새카맣겠지
태양이 정신없이 빙빙 돌아도
나는 수많은 별들의 반짝임을 본다
그중에서도 하얀 마젤란 성운
풀은 모두 엽록소를 회복하고
포도당 머금은 달빛 액체에는
벌써부터 기쁨의 맥박이 뛴다
석탄이 투덜투덜 불평을 한다
        (저기요 목사님
        미끄러져 가는 저 구름을 보세요
        천상의 경마장을 달리는 명마가 따로 없습니다)
        (음 아름답구나
        구름이다 경마다
        하늘의 명마다 구름이다)
삽시간에 변하는 온갖 색채를 가리키나

……もうおそい　ほめるひまなどない

虹彩はあはく変化はゆるやか

いまは一むらの軽い湯気になり

零下二千度の真空溶媒のなかに

すつととられて消えてしまふ

それどこでない　おれのステツキは

いつたいどこへ行つたのだ

上着もいつかなくなつてゐる

チヨツキはたつたいま消えて行つた

恐るべくかなしむべき真空溶媒は

こんどはおれに働きだした

まるで熊の胃袋のなかだ

それでもどうせ質量不変の定律だから

べつにどうにもなつてゐない

といつたところでおれといふ

この明らかな牧師の意識から

ぐんぐんものが消えて行くとは情ない

　　　（いやあ　奇遇ですな）

　　　（おお　赤鼻紳士

　　　たうとう犬がおつかまりでしたな）

　　　（ありがたう　しかるに

　　　あなたは一体どうなすつたのです）

……이미 늦었다   칭찬할 여유 따위 없다
무지개는 희미하고 변화는 느리다
이제는 한 무리 가벼운 수증기가 되어
영하 이천 도의 진공용매 속으로
스윽 빨려가 사라져 버린다
이러고 있을 때가 아닌데   내 지팡이는
도대체 어디 갔지
어느 틈엔가 겉옷도 사라지고 없다
조끼는 지금 막 사라진 참이다
슬픈 위력을 가진 진공용매가
이번에는 내게 작용하기 시작했다
마치 곰의 위장 속으로 들어온 듯해
그래도 어차피 질량 불변의 법칙
딱히 문제될 것은 없다
하지만 내게 있는
이 뚜렷한 목사 의식이
조금씩 사라지는 것은 비참하다
      (어이   또 만났군요)
      (오   코 빨간 신사가 아니십니까
       드디어 개를 찾으셨나 봅니다)
      (고맙습니다   그런데
       도대체 어떻게 된 겁니까)

（上着をなくして大へん寒いのです）

（なるほど　はてな

　あなたの上着はそれでせう）

（どれですか）

（あなたが着ておいでになるその上着）

（なるほど　ははあ

　真空のちよつとした奇術ツリツクですな）

（えゝ　さうですとも

　ところがどうもをかしい

　それはわたしの金鎖ですがね）

（えゝどうせその泥炭の保安掛りの作用です）

（ははあ　泥炭のちよつとした奇術ですな）

（さうですとも

　犬があんまりくしやみをしますが大丈夫ですか）

（なあにいつものことです）

（大きなもんですな）

（これは北極犬です）

（馬の代りには使へないんですか）

（使へますとも　どうです

　お召しなさいませんか）

（どうもありがたう

　そんなら拝借しますかな）

(겉옷을 잃어버려서 너무 춥습니다)

(그렇군요   그런데 혹시
 그거 당신 겉옷 아닙니까)

(어느 거요)

(당신이 입고 있는 그거요)

(이런   아하하
 진공이 부린 속임수인가 봅니다)

(네   그럴 겁니다
 그나저나 참 이상한 일입니다
 그건 제 개 목줄 같은데요)

(네 석탄이 된 보안관 짓입니다)

(아하하   석탄이 부린 속임수인가 봅니다)

(그렇겠지요
 개가 재채기를 심하게 하는데 괜찮은 겁니까)

(뭐 늘 이런걸요)

(정말 덩치가 크군요)

(북극견입니다)

(말 대신 타고 다녀도 될까요)

(되고 말고요   어떻습니까
 한번 타보시겠습니까)

(정말 고맙습니다
 그럼 잠시 빌리겠습니다)

（さあどうぞ）

おれはたしかに

その北極犬のせなかにまたがり

犬神のやうに東へ歩き出す

まばゆい緑のしばくさだ

おれたちの影は青い沙漠旅行

そしてそこはさつきの銀杏の並樹

こんな華奢な水平な枝に

硝子のりつぱなわかものが

すつかり三角になつてぶらさがる

(네 그러시죠)

나는 분명

북극견의 등에 올라

견신이라도 된 양 동쪽으로 걸어나갔다

눈부시게 푸른 잔디밭이다

우리의 그림자가 그리는 푸른 사막 여행

그리고 그곳은 조금 전 지나온 은행나무 가로수 길

수평으로 뻗은 가냘픈 가지에

유리처럼 반짝이는 근사한 새싹이

완연한 삼각 모양으로 돋아나 있다

---

1 [독일어] 어느 아침의 환상.

2 가공의 인물로 그 이름이 어디서 왔는지에 대해 여러 가지 설이 있다. 독
일어로 직역하면 '태양의 계곡Sonnen Tal'이라는 설. 태양의 계곡을 일본어
로 읽으면 히노야陽の谷가 되는데 지금도 모리오카에서 히노야 택시를 운
영하는 당대 유명한 자산가 히노야 집안사람을 가리킨다는 설. 독일의 동
굴에서 발견된 원시 야생의 네안데르탈인에서 그 이름을 살짝 비틀었다
는 설. 오페라를 좋아했던 겐지가 오스트리아의 유명 오페라 배우 아돌프
폰 존넨탈의 이름에서 가져왔다는 설 등이 있다.

3 《레미제라블》에서 코제트를 괴롭히는 여인숙 주인장.

蠕虫舞手

　　　（えゝ　水ゾルですよ

　　　　おぼろな寒天アガアの液ですよ）

　日は黄金の薔薇

　赤いちひさな蠕虫が

　水とひかりをからだにまとひ

　ひとりでをどりをやつてゐる

　　　（えゝ　8^{エイト}　γ^{ガムマア}　e^{イー}　6^{スイツクス}　α^{アルフア}

　　　　ことにもアラベスクの飾り文字）

　羽むしの死骸

　いちゐのかれ葉

　真珠の泡に

　ちぎれたこけの花軸など

　　　（ナチラナトラのひいさまは

　　　　いまみづ底のみかげのうへに

　　　　黄いろなかげとおふたりで

　　　　せつかくをどつてゐられます

　　　　いゝえ　けれども　すぐでせう

　　　　まもなく浮いておいででせう）

장구벌레의 춤

(으음   콜로이드 용액입니다

희부연 우뭇가사리 물이에요)

태양은 황금 장미

작고 빨간 장구벌레가

물과 빛을 몸에 두른 채

저 혼자 춤을 춘다

(으음   8^{에이트} $\gamma^{감마}$ $e^{이}$ 6^{식스} $\alpha^{알파}$

그것도 아라베스크 장식체로)

날벌레의 사체

침엽수의 마른 잎

진주의 거품에

찢어진 이끼의 꽃대 같은 것들

(나추라 나토라[1] 아가씨는

물속 화강암 위에서

노란 그림자와 단둘이

모처럼 춤을 추고 계십니다

아니요   하지만   이제 곧

물 위로 떠오르시겠지요)

赤い蠕虫舞手は

とがつた二つの耳をもち

燐光珊瑚の環節に

正しく飾る真珠のぼたん

くるりくるりと廻つてゐます

　　　（えゝ　8^エイト　γ^ガムマア　e^イー　6^スイツクス　α^アルフア

　　　ことにもアラベスクの飾り文字）

背中きらきら燦いて

ちからいつぱいまはりはするが

真珠もじつはまがひもの

ガラスどころか空気だま

　　　（いゝえ　それでも

　　　エイト　ガムマア　イー　スイツクス　アルフア

　　　ことにもアラベスクの飾り文字）

水晶体や翆膜の

オペラグラスにのぞかれて

をどつてゐるといはれても

真珠の泡を苦にするのなら

おまへもさつぱりらくぢやない

　　　　それに日が雲に入つたし

　　　　わたしは石に座つてしびれが切れたし

　　　　水底の黒い木片は毛虫か海鼠のやうだしさ

빨간 장구벌레 무용수는

두 귀를 뾰족 세우고

푸른 산호 같은 고리 마디에

반듯하게 달린 진주 단추를

빙글빙글 돌리고 있습니다

  (으음 8^{에이트} γ^{감마} e^이 6^{식스} α^{알파}

  그것도 아라베스크 장식체로)

반짝반짝 등을 빛내며

있는 힘껏 돌리고는 있지만

진주도 실은 가짜

유리도 아닌 공기 방울

  (아니요 그래도

  에이트 감마 이 식스 알파

  그것도 아라베스크 장식체로)

수정체와 각막이라는

오페라글라스로 들여다보며

춤추고 있다고는 하지만

진주 거품이 염려된다니

너도 아주 편하지는 않겠다

   더구나 해는 구름 속에 숨었고

   바위에 앉은 나는 발이 저리고

   물 밑의 검은 나무토막은 송충이나 해삼 같고

　　　　それに第一おまへのかたちは見えないし

　　　　ほんとに溶けてしまつたのやら

それともみんなはじめから

おぼろに青い夢だやら

　　　　（いゝえ　あすこにおいでです　おいでです

　　　　ひいさま　いらつしやいます

　　　　8^{エイト}　γ^{ガムマア}　e^{イー}　6^{スイツクス}　α^{アルフア}

　　　　ことにもアラベスクの飾り文字）

ふん　水はおぼろで

ひかりは惑ひ

虫は　エイト　ガムマア　イー　スイツクス　アルフア

　　　　ことにもアラベスクの飾り文字かい

　　　　ハツハツハ

　（はい　まつたくそれにちがひません

　　　　エイト　ガムマア　イー　スイツクス　アルフア

　　　　ことにもアラベスクの飾り文字）

무엇보다 너의 모습 보이지 않으니

정말로 녹아버린 걸까

그것도 아니면 애초에 모두

아렴풋이 푸른 꿈이었는지

　　(아니요　저기 계세요　저기요

　　아가씨　계십니다

　　8^에이트　γ^감마　e^이　6^식스　α^알파

　　그것도 아라베스크 장식체로)

흠　물은 희부옇고

빛은 어지러워

벌레는　에이트　감마　이　식스　알파

　　　　그것도 아라베스크 장식체라니

　　　　아하하

　　(네　바로 그렇습니다

　　에이트　감마　이　식스　알파

　　그것도 아라베스크 장식체로)

1　자연을 뜻하는 라틴어 'Natura'와 독일어 'Natur'의 음을 차용했다.

小岩井農場

고이와이 농장

일본 도호쿠 지방의 성층화산인 이와테산(해발 2,038미터) 남쪽 기슭에 고이와이 농장이 있습니다. 당시에는 생소한 서양식 근대 농법을 도입한 대규모 민간 농장으로 말과 소를 방목하고 우유와 치즈 등을 가공하며 고랭지 작물을 대량으로 재배했습니다. 겐지는 마치 북유럽의 대농장 같은 분위기에 매력을 느껴 틈날 때마다 고이와이 농장을 방문했습니다. 시인에게 신선한 공간이란 일상에서 벗어나 생각을 환기할 힘을 가져다주는 것일까요. 이국적인 공간은 그에게 이계異界를 공상하게 하는 상상의 문이 되어주었습니다. 이 연작시는 고이와이 농장 일대의 산과 들을 산책하며 풍경을 스케치한 작품입니다.

한편, 겐지는 시간 경과를 알리기 위해 파트 5와 파트 6의 제목만 남겨두고 시를 삭제했는데요, 그 이유는 특정인을 비방하는 내용이 포함되었기 때문이라고 알려져 있습니다. 파트 8 없이 파트 7에서 파트 9로 건너뛴 것도 원문대로임을 밝혀둡니다.

小岩井農場

パートー

わたくしはずゐぶんすばやく汽車からおりた

そのために雲がぎらつとひかつたくらゐだ

けれどももつとはやいひとはある

化学の並川さんによく肖たひとだ

あのオリーブのせびろなどは

そつくりおとなしい農学士だ

さつき盛岡のていしやばでも

たしかにわたくしはさうおもつてゐた

このひとが砂糖水のなかの

つめたくあかるい待合室から

ひとあしでるとき……わたくしもでる

馬車がいちだいたつてゐる

駅者がひとことなにかいふ

黒塗りのすてきな馬車だ

光沢消しだ

馬も上等のハツクニー

고이와이 농장

파트 1

나는 재빨리 기차에서 내렸다

그 바람에 구름이 번쩍 빛났을 정도다

하지만 더 빠른 사람이 있다

화학자 나미카와 선생을 꼭 닮았는데

올리브색 신사복을 입은 걸 보면

누가 뭐래도 진지한 농학도다

아까 모리오카 정거장에서도

나는 분명 그렇게 생각했다

이 사람이 설탕물 속

차고 밝은 대합실을

한 걸음 나설 때…… 나도 나가자

마차가 한 대 서 있다

마부가 무슨 말을 한다

검은 칠을 한 멋진 마차

무광택이다

말도 고급스러운 영국산 해크니

111

このひとはかすかにうなづき

それからじぶんといふ小さな荷物を

載つけるといふ気軽なふうで

馬車にのぼつてこしかける

　　　（わづかの光の交錯だ）

その陽のあたつたせなかが

すこし屈んでしんとしてゐる

わたくしはあるいて馬と並ぶ

これはあるいは客馬車だ

どうも農場のらしくない

わたくしにも乗れといへばいい

馭者がよこから呼べばいい

乗らなくたつていゝのだが

これから五里もあるくのだし

くらかけ山の下あたりで

ゆつくり時間もほしいのだ

あすこなら空気もひどく明瞭で

樹でも岬でもみんな幻燈だ

もちろんおきなぐさも咲いてゐるし

野はらは黒ぶだう酒のコツプもならべて

わたくしを歎待するだらう

そこでゆつくりとどまるために

이 사람은 보일 듯 말 듯 고개를 끄덕이고는

자기 몸이 작은 봇짐인 양

가벼운 몸짓으로

마차에 오른다

　　(몇 줄기 빛이 얼크러지고)

그 볕이 닿은 등이

조금 굽은 채 잠잠하다

나는 말과 나란히 걷는다

이건 아마 승합 마차겠지

농장의 짐마차 같지는 않아

나더러 타라고 하면 좋겠는데

마부가 옆에서 불러주면 좋겠는데

안 타도 그만이지만

여기서 20킬로미터나 걸어야 하고

구라카케산 아래서

여유롭게 쉬고도 싶다

그곳은 공기도 아주 맑고

나무든 풀이든 모두 환등 같겠지

물론 할미꽃도 피었을 테고

들판에 늘어선 적포도주 잔들도

기쁘게 나를 맞이하리라

거기서 느긋하게 시간을 보내려면

本部まででも乗つた方がいい
今日ならわたくしだつて
馬車に乗れないわけではない
　　　（あいまいな思惟の蛍光
　　　　きつといつでもかうなのだ）
もう馬車がうごいてゐる
　　　（これがじつにいゝことだ
　　　　どうしようか考へてゐるひまに
　　　　それが過ぎて滅くなるといふこと）
ひらつとわたくしを通り越す
みちはまつ黒の腐植土で
雨あがりだし弾力もある
馬はピンと耳を立て
その端は向ふの青い光に尖り
いかにもきさくに馳けて行く
うしろからはもうたれも来ないのか
つつましく肩をすぼめた停車場と
新開地風の飲食店
ガラス障子はありふれてでこぼこ
わらぢや sun-maid のから函や
夏みかんのあかるいにほひ
汽車からおりたひとたちは

농장 본부까지만이라도 타고 가야 해

오늘만큼은 나도

마차를 타보자

    (모호한 사유의 형광

    늘 이런 식이야)

벌써 마차가 움직인다

    (다행스러운 일이 아닐 수 없구나

    어떻게 할까 고민하는 사이에

    그 기회가 지나가고 사라진다는 건)

훌쩍 나를 지나쳐 간다

새카만 부식토로 덮인 이 길은

비가 걷히고 탄력도 있다

말은 귀를 쫑긋 세우고

멀리 푸른빛을 귀 끝으로 콕콕 찌르며

스스럼없이 달려간다

이제 내 뒤에는 아무도 없을까

조신하게 어깨를 움츠린 정거장과

새로 개발된 마을에나 있을 법한 음식점

유리창은 지천으로 올록볼록하고

짚신과 텅 빈 sun-maid 상자와

명랑한 여름귤 향기

기차에서 내린 사람이

さつきたくさんあつたのだが

みんな丘かげの茶褐部落や

繋あたりへ往くらしい

西にまがつて見えなくなつた

いまわたくしは歩測のときのやう

しんかい地ふうのたてものは

みんなうしろに片附けた

そしてこここそ畑になつてゐる

黒馬が二ひき汗でぬれ

犁をひいて往つたりきたりする

ひはいろのやはらかな山のこつちがはだ

山ではふしぎに風がふいてゐる

嫩葉がさまざまにひるがへる

ずうつと遠くのくらいところでは

鶯もごろごろ啼いてゐる

その透明な群青のうぐひすが

　　　（ほんたうの鶯の方はドイツ読本の

　　　　ハンスがうぐひすでないよと云つた）

馬車はずんずん遠くなる

大きくゆれるしはねあがる

紳士もかろくはねあがる

このひとはもうよほど世間をわたり

116

아까는 많았는데

다들 언덕 아래 다갈색 부락이나

그 주변 마을로 가버린 모양이야

서쪽으로 꺾으니 아무도 안 보인다

지금 내가 잰걸음으로

신시가지 건물을

뒤로 제쳐버리니

이윽고 드넓은 밭이 나왔다

검정말 두 필이 땀에 젖은 채

쟁기를 끌고 이리저리 오가는

포근한 연둣빛 산기슭이다

산에서 신기한 바람이 불어온다

어린잎이 이리저리 팔랑거린다

저 멀리 어두운 곳에서

휘파람새 휘휘 울어대는 소리

투명한 군청색 휘파람새가

　　　(진짜 휘파람새는 휘파람새가 아니라고

　　　독일어 교재 속 한스가 그랬지)[1]

마차는 자꾸만 멀어져 간다

격렬히 흔들리다 뛰어오른다

신사도 가볍게 뛰어오른다

이 사람은 이제 속세에서 한참 벗어나

いまは青ぐろいふちのやうなとこへ

すましてこしかけてゐるひとなのだ

そしてずんずん遠くなる

はたけの馬は二ひき

ひとはふたりで赤い

雲に濾された日光のために

いよいよあかく灼けてゐる

冬にきたときとはまるでべつだ

みんなすつかり変つてゐる

変つたとはいへそれは雪が往き

雲が展けてつちが呼吸し

幹や芽のなかに燐光や樹液がながれ

あをじろい春になつただけだ

それよりもこんなせはしい心象の明滅をつらね

すみやかなすみやかな万法流転のなかに

小岩井のきれいな野はらや牧場の標本が

いかにも確かに継起するといふことが

どんなに新鮮な奇蹟だらう

ほんたうにこのみちをこの前行くときは

空気がひどく稠密で

つめたくそしてあかる過ぎた

今日は七つ森はいちめんの枯草

지금은 검푸른 연못가 언저리에

짐짓 태연히 걸터앉았다

그리고 자꾸만 멀어져 간다

밭에는 말이 두 필

사람은 둘이고 붉다

구름에 걸러진 햇살 때문에

살갗이 슬슬 발갛게 익는다

겨울에 왔을 때와는 전혀 다른 모습이야

모든 게 완전히 변해버렸다

변했다고는 해도 눈이 녹고

구름이 트이고 대지가 호흡하며

줄기와 새싹 속에 인광과 수액이 흘러

파르스름한 봄이 되었을 뿐이다

그보다 이리도 분주한 심상의 명멸을 엮어

신속하고 재빠른 만법유전[2] 속에서

고이와이의 아름다운 들판과 목장의 표본이

더없이 선명하게 생겨나고 있으니

이 얼마나 신선한 기적인가

요전에 이 길을 걸을 때는 정말로

공기가 조밀하고

차가우면서도 지나치게 밝았다

오늘 나나쓰숲은 온통 낙엽

松木がをかしな緑褐に
丘のうしろとふもとに生えて
大へん陰欝にふるびて見える

パート二

たむぼりんも遠くのそらで鳴つてるし
雨はけふはだいぢやうぶふらない
しかし馬車もはやいと云つたところで
そんなにすてきなわけではない
いままでたつてやつとあすこまで
ここからあすこまでのこのまつすぐな
火山灰のみちの分だけ行つたのだ
あすこはちやうどまがり目で
すがれの草穂もゆれてゐる
　　（山は青い雲でいつぱい　光つてゐるし
　　　かけて行く馬車はくろくてりつぱだ）
ひばり　ひばり
銀の微塵のちらばるそらへ
たつたいまのぼつたひばりなのだ
くろくてすばやくきんいろだ
そらでやる Brownian movement

120

소나무가 수상쩍은 녹갈색으로

언덕 뒤와 산기슭에 자라나

무척이나 음울하고 허름해 보인다

파트 2

먼 하늘에서 탬버린이 울리니

오늘은 괜찮다 비가 내리지 않는다

그나저나 마차가 빠르다지만

별로 대단하지도 않군

그렇게 달려서 겨우 저기야

여기서 저기까지 이 길을 곧장 달려

화산재 깔린 길까지밖에 못 갔구나

저곳은 마침 길모퉁이

말라가는 풀 이삭도 가벼이 흔들린다

    (산은 온통 푸른 구름으로   빛나고 있고

      달리는 마차는 검고 아름답다)

종달새   종달새

은빛 티끌 흩어지는 하늘로

지금 막 솟아오른 종달새

가뭇하고 재빠른 황금색이다

하늘에 펼쳐지는 Brownian movement[3]

おまけにあいつの翅ときたら

甲虫のやうに四まいある

飴いろのやつと硬い漆ぬりの方と

たしかに二重にもつてゐる

よほど上手に鳴いてゐる

そらのひかりを呑みこんでゐる

光波のために溺れてゐる

もちろんずつと遠くでは

もつとたくさんないてゐる

そいつのはうははいけいだ

向ふからはこつちのやつがひどく勇敢に見える

うしろから五月のいまごろ

黒いながいオーヴアを着た

医者らしいものがやつてくる

たびたびこつちをみてゐるやうだ

それは一本みちを行くときに

ごくありふれたことなのだ

冬にもやつぱりこんなあんばいに

くろいイムバネスがやつてきて

本部へはこれでいいんですかと

遠くからことばの浮標をなげつけた

でこぼこのゆきみちを

더군다나 녀석의 날개를 보니

딱정벌레처럼 네 장이다

누렇게 반짝이는 것과 옻칠한 듯 딱딱한 것

분명 두 겹이다

꽤나 멋지게 노래한다

하늘의 빛을 가득히 삼키며

빛의 파도로 잠겨드는 중이다

물론 한참 먼 곳에서는

더 많은 새가 지저귀고 있다

저쪽 새들은 배경이다

거기서는 이쪽 새가 대단히 용감해 보이겠지

5월의 어느 날

긴 검정 외투를 입은

의사처럼 보이는 사람이 뒤에서 다가왔다

흘끗흘끗 이쪽을 보는 듯하다

외길을 걸을 때

심심찮게 있는 일이다

겨울에도 이렇게

검은 망토를 입은 사람이 다가와

'본부로 가는 길 맞습니까' 하고

먼 데서 언어의 부표를 던졌다

울퉁불퉁한 길을

辛うじて咀嚼するといふ風にあるきながら

本部へはこれでいゝんですかと

心細さうにきいたのだ

おれはぶつきら棒にああと言つただけなので

ちやうどそれだけ大へんかあいさうな気がした

けふのはもつと遠くからくる

パート三

もう入口だ〔小岩井農場〕

　　（いつものとほりだ）

混んだ野ばらやあけびのやぶ

〔もの売りきのことりお断り申し候〕

　　（いつものとほりだ　ぢき医院もある）

〔禁猟区〕　ふん　いつものとほりだ

小さな沢と青い木だち

沢では水が暗くそして鈍つてゐる

また鉄ゼルの fluorescence

向ふの畑には白樺もある

白樺は好摩からむかふですと

いつかおれは羽田県属に言つてゐた

ここはよつぽど高いから

겨우 곱씹는 듯한 걸음걸이로
'본부로 가는 길 맞습니까' 하고
불안한 듯 내게 물었다
나는 무뚝뚝하게 '으음' 하고 대꾸했는데
딱 그만큼 그가 가여웠다
오늘은 더 멀리서 온다

파트 3

〔고이와이 농장〕 벌써 입구다
　　(평소와 다름없네)
빽빽한 찔레나무와 으름덩굴 덤불
〔잡상인 사절〕〔버섯을 캐지 마시오〕
　　(평소와 다름없네　마을 의원도 있다)
〔사냥 금지 구역〕　흠　평소와 다름없네
작은 습지와 푸른 나무들
습지의 물은 어둡고 탁하다
녹아내린 철의 fluorescence[4]
건너편 밭에는 자작나무도 있다
자작나무는 고마 마을 너머에 있다고
언젠가 하다 사무관에게 말한 적이 있다
이곳은 꽤 높은 지대니까

柳沢つづきの一帯だ

やつぱり好摩にあたるのだ

どうしたのだこの鳥の声は

なんといふたくさんの鳥だ

鳥の小学校にきたやうだ

雨のやうだし湧いてるやうだ

居る居る鳥がいつぱいにゐる

なんといふ数だ　鳴く鳴く鳴く

Rondo Capriccioso

ぎゆつくぎゆつくぎゆつくぎゆつく

あの木のしんにも一ぴきゐる

禁猟区のためだ　飛びあがる

　　　（禁猟区のためでない　ぎゆつくぎゆつく）

一ぴきでない　ひとむれだ

十疋以上だ　弧をつくる

　　　（ぎゆつく　ぎゆつく）

三またの槍の穂　弧をつくる

青びかり青びかり赤楊の木立

のぼせるくらゐだこの鳥の声

　　　（その音がぼつとひくくなる

　　　　うしろになつてしまつたのだ

　　　　あるいはちゆういのりずむのため

126

야나기사와 일대다

고마 마을과도 맞닿아 있다

어쩐 일로 이토록 새가 지저귈까

새가 얼마나 많은지

새 학교에 온 것만 같군

비가 오듯 샘이 솟듯

있다 있다 새가 많이도 있다

새가 얼마나 많은지   운다 운다 운다

Rondo Capriccioso

궛큐 궛큐 궛큐 궛큐

저 나뭇고갱이에도 한 마리 있다

사냥 금지 구역인 탓이다   날아오른다

　　(사냥 금지 구역이라 그런 게 아니야   궛큐 궛큐)

한 마리가 아니다   하나의 무리다

열 마리 이상이다   곡선을 그린다

　　(궛큐　 궛큐)

삼지창 끝으로   곡선을 그린다

푸르디푸른 오리나무 숲

아찔할 정도로 지저귀는 새들

　　(새소리가 잦아든 건

　　 내가 그곳을 벗어났기 때문일까

　　 주변의 리듬이 바뀐 탓일까

　　　　両方ともだ　とりのこゑ）

木立がいつか並樹になつた

この設計は飾絵式だ

けれども偶然だからしかたない

荷馬車がたしか三台とまつてゐる

生な松の丸太がいつぱいにつまれ

陽がいつかこつそりおりてきて

あたらしいテレピン油の蒸気圧

一台だけがあるいてゐる

けれどもこれは樹や枝のかげでなくて

しめつた黒い腐植質と

石竹いろの花のかけら

さくらの並樹になつたのだ

こんなしづかなめまぐるしさ

この荷馬車にはひとがついてゐない

馬は払ひ下げの立派なハツクニー

脚のゆれるのは年老つたため

　　　（おい　ヘングスト　しつかりしろよ

　　　　三日月みたいな眼つきをして

　　　　おまけになみだがいつぱいで

　　　　陰気にあたまを下げてゐられると

　　　　둘 다야　새의 목소리)
수풀은 어느새 가로수 길이 되었다
장식용 그림 같은 설계다
하지만 우연이니 어쩔 수 없지
소나무 통목이 한가득 실린
짐마차가 세 대쯤 길가에 서 있다
태양이 어느 틈엔가 살며시 내려왔고
새로 짜낸 송진 기름의 증기압으로
한 대가 나아간다
그러나 이것은 나무나 가지의 그림자가 아니라
눅눅하고 검은 부식질과
연분홍 꽃의 파편
벚나무 가로수다
이처럼 고요한 현기증

짐마차에 사람은 없다
말은 싼값에 팔려 온 멋진 해크니
다리가 후들대는 건 연로한 탓이겠지
　　　(어이　헹스트　정신 차리게
　　　　초승달 같은 눈매에
　　　　눈물까지 글썽이며
　　　　우울하게 고개를 숙이고 있으니

おれはまつたくたまらないのだ

　　威勢よく桃いろの舌をかみふつと鼻を鳴らせ)

　ぜんたい馬の眼のなかには複雑なレンズがあつて

　けしきやみんなへんにうるんでいびつにみえる……

　　……馬車挽きはみんなといつしよに

　向ふのどてのかれ草に

　腰をおろしてやすんでゐる

　三人赤くわらつてこつちをみ

　また一人は大股にどてのなかをあるき

　なにか忘れものでももつてくるといふ風……(蜂函
の白ペンキ)

　桜の木には天狗巣病がたくさんある

　天狗巣ははやくも青い葉をだし

　馬車のラツパがきこえてくれば

　ここが一ぺんにスヰツツルになる

　遠くでは鷹がそらを截つてゐるし

　からまつの芽はネクタイピンにほしいくらゐだし

　いま向ふの並樹をくらつと青く走つて行つたのは

　　(騎手はわらひ)赤銅の人馬の徽章だ

도무지 눈 뜨고 볼 수가 없구나

발간 혀를 악물고 세차게 콧숨을 쉬어라)

본디 말의 눈 안에는 복잡한 렌즈가 있어서

풍경이나 모두가 흐릿하게 일그러져 보인다······

······마부들은 다 함께

제방 저편 마른풀 위에

주저앉아 쉬고 있다

셋은 얼굴이 빨개져라 웃으며 나를 보고

또 한 사람은 성큼성큼 둑길을 걸어

깜박한 물건을 가져오는 듯······(흰 페인트칠을 한
벌통)

빗자룻병 걸린 벚나무에 가득한

잔가지는 빨리도 푸른 잎을 틔우고

마차의 나팔 소리 들리어오면

이곳은 단번에 스위스가 된다

먼 데서 매가 하늘을 가르고

낙엽송 새싹은 넥타이핀으로 쓰고 싶을 정도인데

방금 가로수 저편으로 푸르게 휙 달려간 것은

사수좌의 적동색 휘장이다(기수가 웃네)

パート四

本部の気取つた建物が

桜やポプラのこつちに立ち

そのさびしい観測台のうへに

ロビンソン風力計の小さな椀や

ぐらぐらゆれる風信器を

わたくしはもう見出さない

　　さつきの光沢消しの立派な馬車は

　　いまごろどこかで忘れたやうにとまつてようし

　　五月の黒いオーヴアコートも

　　どの建物かにまがつて行つた

冬にはこゝの凍つた池で

こどもらがひどくわらつた

　　　（から松はとびいろのすてきな脚です

　　　向ふにひかるのは雲でせうか粉雪でせうか

　　　それとも野はらの雪に日が照つてゐるのでせうか

　　　氷滑りをやりながらなにがそんなにをかしいのです

　　　おまへさんたちの頬つぺたはまつ赤ですよ）

葱いろの春の水に

楊の花芽ももうぼやける……

はたけは茶いろに掘りおこされ

본부의 근엄한 건물이

벚나무와 포플러를 뒤로하고 섰다

그 외로운 관측소 위에 있는

로빈슨 풍력계의 자그마한 주발이나

근들근들 흔들리는 풍신기도

이제 나의 관심을 끌지 못한다

   아까 본 멋진 무광 마차는

   지금쯤 어디엔가 깜박 잊은 듯 서 있겠고

   5월에 만난 검은 외투를 입은 사람도

   어느 건물인가를 돌아서 갔겠다

겨울에는 꽁꽁 언 이 연못에서

아이들이 목청껏 웃고는 했는데

   (낙엽송은 멋진 고동색 다리를 가졌어요

   저기 빛나는 것은 구름일까요 가루눈일까요

   아니면 들판에 쌓인 눈에 해가 비친 걸까요

   썰매를 타는 게 그렇게 재미있습니까

   여러분 뺨이 새빨갛네요)

파릇파릇한 봄물에

버들개지도 부예진다 ……

밭은 갈색으로 파헤쳐지고

廐肥も四角につみあげてある

並樹ざくらの天狗巣には

いぢらしい小さな緑の旗を出すのもあり

遠くの縮れた雲にかかるのでは

みづみづした鶯いろの弱いのもある……

あんまりひばりが啼きすぎる

　　　　（育馬部と本部とのあひだでさへ

　　　　　ひばりやなんか一ダースできかない）

そのキルギス式の逞ましい耕地の線が

ぐらぐらの雲にうかぶこちら

みじかい素朴な電話ばしらが

右にまがり左へ傾きひどく乱れて

まがりかどには一本の青木

　　　（白樺だらう　楊ではない）

耕耘部へはここから行くのがちかい

ふゆのあひだだつて雪がかたまり

馬橇も通つていつたほどだ

　　　（ゆきがかたくはなかつたやうだ

　　　　なぜならそりはゆきをあげた

　　　　たしかに酵母のちんでんを

　　　　冴えた気流に吹きあげた）

あのときはきらきらする雪の移動のなかを

두엄도 네모지게 차곡차곡 쌓였다

벚나무 가로수 잔가지에

작고 귀여운 연둣빛 깃발이 나고

멀리 주름진 구름 걸린 가지에는

싱싱하고 연약한 올리브색도 있다……

종달새 우는 소리 크기도 하다

      (마구간에서 본부까지만 해도

        종달새인지 뭔지 열두 마리도 더 된다)

듬직한 키르기스식 경작지 위로

흔들흔들 구름이 떠가는 이곳

키 작고 소박한 전신주가

오른쪽으로 휘고 왼쪽으로 누워 어지러운데

길모퉁이에는 푸른 나무 한 그루

      (자작나무겠지　버드나무는 아니야)

경작부로 가는 길은 여기서부터 갈라진다

겨울에는 눈이 쌓여

말이 끄는 썰매가 다닐 정도다

      (눈이 딱딱하게 굳지는 않았나 보다

        썰매가 눈을 튀기니

        침전된 효모를

        산뜻한 기류로 날려버렸다)

그때는 반짝이는 눈의 이동 속에서

ひとはあぶなつかしいセレナーデを口笛に吹き

往つたりきたりなんべんしたかわからない

　　　　（四列の茶いろな落葉松）

けれどもあの調子はづれのセレナーデが

風やときどきぱつとたつ雪と

どんなによくつりあつてゐたことか

それは雪の日のアイスクリームとおなじ

　　　　（もつともそれなら暖炉もまつ赤だらうし

　　　　　muscovite も少しそつぽに灼けるだらうし

　　　　　おれたちには見られないぜい沢だ）

春のヴアンダイクブラウン

きれいにはたけは耕耘された

雲はけふも白金と白金黒

そのまばゆい明暗のなかで

ひばりはしきりに啼いてゐる

　　　　（雲の讃歌と日の軋り）

それから眼をまたあげるなら

灰いろなもの走るもの蛇に似たもの　雉子だ

亜鉛鍍金の雉子なのだ

あんまり長い尾をひいてうららかに過ぎれば

もう一疋が飛びおりる

山鳥ではない

136

사람들이 위태로운 세레나데를 휘파람으로 불며

얼마나 왔다 갔다 했는지 모른다

        (사열로 늘어선 갈색 낙엽송)

하지만 그 엉터리 세레나데가

바람이나 가끔씩 흩날리는 눈과

얼마나 멋지게 조화를 이뤘는지

마치 눈 내리는 날의 아이스크림 같았지

        (그렇다면 난로도 새빨갛겠고

        muscovite[5] 표면도 약간 달궈지겠으나

        우리에게는 없는 사치다)

봄의 반다이크 브라운

밭은 깔끔하게 갈아뒀구나

구름은 오늘도 백금과 백금흑

그 눈부신 명암 속에서

종달새는 쉼 없이 지저귀고 있다

        (구름의 찬가와 태양의 삐걱거림)

그리고 다시 눈을 드니

잿빛으로 달리는 뱀을 닮은 것은   꿩이다

아연으로 도금한 듯한 꿩이다

긴 꼬리를 끌며 명랑하게 지나가니

또 한 마리 꿩이 내려앉는다

일본 꿩은 아니다

（山鳥ですか?　山で?　夏に?）

あるくのははやい　流れてゐる

オレンヂいろの日光のなかを

雉子はするするながれてゐる

啼いてゐる

それが雉子の声だ

いま見はらかす耕地のはづれ

向ふの青草の高みに四五本乱れて

なんといふ気まぐれなさくらだらう

みんなさくらの幽霊だ

内面はしだれやなぎで

鴇いろの花をつけてゐる

　　　（空でひとむらの海綿白金がちぎれる）

それらかゞやく氷片の懸吊をふみ

青らむ天のうつろのなかへ

かたなのやうにつきすすみ

すべて水いろの哀愁を焚き

さびしい反照の偏光を截れ

いま日を横ぎる黒雲は

侏羅や白堊のまつくらな森林のなか

爬虫がけはしく歯を鳴らして飛ぶ

その氾濫の水けむりからのぼつたのだ

138

(일본 꿩이라고요? 산속에? 여름에?)

빠르게 걷는다   흐르고 있다

오렌지색 햇살 속을

꿩은 스르륵 흐르고 있다

울고 있다

저것이 꿩의 울음소리다

지금 보이는 경작지 귀퉁이

푸른 잔디 높은 곳에 흐드러진 너덧 그루의 나무

정말로 변덕스러운 벚꽃이구나

모두 벚꽃의 유령이다

내면은 수양버들이지만

연분홍색 꽃을 달고 있다

(하늘에서 한 무리의 백금 해면동물이 잘게 찢긴다)

이들은 빛나는 얼음 조각을 밟고

푸르스름하게 텅 빈 하늘 속으로

날카로운 검처럼 힘차게 돌진해

모든 물빛 애상을 피워 올리며

쓸쓸한 저녁놀 편광을 가른다

지금 태양을 가로지르는 먹구름은

쥐라기나 백악기의 새카만 삼림 속

파충류는 험상궂게 이를 갈며 난다

범람하는 물안개에서 올라온 것이다

たれも見てゐないその地質時代の林の底を

水は濁つてどんどんながれた

いまこそおれはさびしくない

たつたひとりで生きて行く

こんなきままなたましひと

たれがいつしよに行けようか

大びらにまつすぐに進んで

それでいけないといふのなら

田舎ふうのダブルカラなど引き裂いてしまへ

それからさきがあんまり青黒くなつてきたら……

そんなさきまでかんがへないでいい

ちからいつぱい口笛を吹け

口笛をふけ　陽の錯綜

たよりもない光波のふるひ

すきとほるものが一列わたくしのあとからくる

ひかり　かすれ　またうたふやうに小さな胸を張り

またほのぼのとかゞやいてわらふ

みんなすあしのこどもらだ

ちらちら瓔珞もゆれてゐるし

めいめい遠くのうたのひとくさりづつ

緑金寂静のほのほをたもち

これらはあるいは天の鼓手　緊那羅のこどもら

아무도 본 적 없는 지질시대 숲속을

흐려진 물이 굽이굽이 흐른다

지금이야말로 나는 외롭지 않다

오로지 혼자서 살아나가리

이렇게 제멋대로 구는 영혼과

그 누가 함께 살 수 있을까

당당히 똑바로 나아가 보자

그래도 안 된다면

시골풍 더블칼라 따위 찢어버려라

그리하여 앞이 너무 깜깜해진다면……

애써 앞일을 걱정할 필요는 없다

온 힘을 다해 휘파람을 불어라

휘파람을 불어라   뒤섞이는 햇살

의지할 곳 없는 빛의 파동은 떨리고

투명한 것들이 나란히 내 뒤를 쫓는다

빛줄기   드리워   다시 노래하듯 작은 가슴을 펴고

또 아스라이 반짝이며 웃는다

모두 맨발의 아이들이다

팔랑팔랑 부처의 목걸이가 흔들리고

어슴푸레 들려오는 노래 한 소절

푸른 금빛 적요의 불꽃을 꺼뜨리지 않는

이들은 어쩌면 북 치는 하늘의   킴나라 아이들

（五本の透明なさくらの木は

　　　青々とかげろふをあげる）

わたくしは白い雑嚢をぶらぶらさげて

きままな林務官のやうに

五月のきんいろの外光のなかで

口笛をふき歩調をふんでわるいだらうか

たのしい太陽系の春だ

みんなはしつたりうたつたり

はねあがつたりするがいい

　　　（コロナは八十三万二百……）

あの四月の実習のはじめの日

液肥をはこぶいちにちいつぱい

光炎菩薩太陽マヂツクの歌が鳴つた

　　　（コロナは八十三万四百……）

ああ陽光のマヂツクよ

ひとつのせきをこえるとき

ひとりがかつぎ棒をわたせば

それは太陽のマヂツクにより

磁石のやうにもひとりの手に吸ひついた

　　　（コロナは七十七万五千……）

どのこどもかが笛を吹いてゐる

それはわたくしにきこえない

(투명한 다섯 그루 벚나무는

　　　푸릇한 아지랑이를 피운다)

나는 하얀 잠낭을 건들거리며

삼림의 자유로운 관리인처럼

5월의 금빛 광선 아래서

휘파람 불며 발맞춰 걸어볼까

태양계의 즐거운 봄이다

다들 달리고 노래하고

껑충 뛰어오르자

　　　　(코로나는 팔십삼만이백……)

4월의 첫 실습 날

물거름 운반하던 하루 온종일

광염보살[6] 태양의 마술 노래가 울려 퍼졌다

　　　　(코로나는 팔십삼만사백……)

아아 태양의 마술이여

하나의 둑을 넘어갈 때

누군가 막대를 건네주면

태양의 마술로 인해

자석처럼 한 사람의 손에 달라붙었다

　　　　(코로나는 칠십칠만오천……)

어디선가 아이가 피리를 분다

내게는 소리가 들리지 않는다

けれどもたしかにふいてゐる

　　　（ぜんたい笛といふものは

　　　　きまぐれなひよろひよろの酋長だ）

みちがぐんぐんうしろから湧き

過ぎて来た方へたたんで行く

むら気な四本の桜も

記憶のやうにとほざかる

たのしい地球の気圏の春だ

みんなうたつたりはしつたり

はねあがつたりするがいい

　　　パート五　　パート六

　　　　パート七

とびいろのはたけがゆるやかに傾斜して

すきとほる雨のつぶに洗はれてゐる

そのふもとに白い笠の農夫が立ち

つくづくとそらのくもを見あげ

こんどはゆつくりあるきだす

　　　（まるで行きつかれたたび人だ）

하지만 분명 불고 있다

　　　(애초에 피리라는 물건은

　　　변덕스럽고 가냘픈 추장 같은 것)

길이 구불구불 뒤에서 솟아올라

지나온 방향으로 접히며 간다

변덕스러운 네 그루 벚나무도

마치 기억처럼 멀어져 간다

지구 대기권의 즐거운 봄이다

모두 날리고 노래하고

껑충 뛰어올라도 좋겠다

파트 5　파트 6

파트 7

고동색 밭이 완만히 기울어

투명한 빗물 알갱이에 몸을 씻는다

흰 우산을 쓴 농부가 기슭에 서서

유심히 하늘의 구름을 보더니

천천히 발걸음을 옮긴다

　　　(흡사 지칠 대로 지친 여행자다)

汽車の時間をたづねてみよう

こゝはぐちやぐちやした青い湿地で

もうせんごけも生えてゐる

　　　（そのうすあかい毛もちゞれてゐるし

　　　　どこかのがまの生えた沼地を

　　　　ネー将軍麾下の騎兵の馬が

　　　　泥に一尺ぐらゐ踏みこんで

　　　　すぱすぱ渉つて進軍もした）

雲は白いし農夫はわたしをまつてゐる

またあるきだす（縮れてぎらぎらの雲）

トツパースの雨の高みから

けらを着た女の子がふたりくる

シベリヤ風に赤いきれをかぶり

まつすぐにいそいでやつてくる

　　（Miss Robin）働きにきてゐるのだ

農夫は富士見の飛脚のやうに

笠をかしげて立つて待ち

白い手甲さへはめてゐる　もう二十米だから

しばらくあるきださないでくれ

じぶんだけせつかく待つてゐても

用がなくてはこまるとおもつて

あんなにぐらぐらゆれるのだ

146

기차 시간을 물어보자

이곳은 뭉크러진 푸른 습지

끈끈이주걱도 자라고 있다

>   (그 발그레한 털이 오그라들고
>
>   부들이 자란 어느 늪 지대를
>
>   미셸 네 장군[7] 휘하 기병의 말이
>
>   진흙에 푹푹 발이 빠지며
>
>   철퍽철퍽 진군하기도 했다)

구름은 희고 농부는 나를 기다린다

다시금 발걸음을 옮긴다 (오그라들어 번쩍이는 구름)

토파즈 같은 비의 고지대에서

도롱이 입은 여자아이 둘이 온다

시베리아풍의 붉은 담요를 뒤집어쓰고

똑바로 서둘러 온다

>   (Miss Robin[8]) 일하러 오는 것이다

농부는 후지미의 파발꾼[9]처럼

우산을 기울여 쓰고

손에 하얀 토시까지 끼고 있다   이제 20미터 남았으니까

잠깐만 움직이지 말고 있어줘

자기가 모처럼 기다렸는데

소용이 없으면 되겠나 싶어

저렇게 흔들흔들하는 것이다

（青い草穂は去年のだ）
あんなにぐらぐらゆれるのだ
さはやかだし顔も見えるから
ここからはなしかけていゝ
シヤツポをとれ（黒い羅紗もぬれ）
このひとはもう五十ぐらゐだ
　　　（ちよつとお訊ぎ申しあんす
　　　　盛岡行ぎ汽車なん時だべす）
　　　（三時だたべが）
ずゐぶん悲しい顔のひとだ
博物館の能面にも出てゐるし
どこかに鷹のきもちもある
うしろのつめたく白い空では
ほんたうの鷹がぶうぶう風を截る
雨をおとすその雲母摺りの雲の下
はたけに置かれた二台のくるま
このひとはもう行かうとする
白い種子は燕麦なのだ
　　　（燕麦播まぎすか）
　　　　（あんいま向でやつてら）
この爺さんはなにか向ふを畏れてゐる
ひじやうに恐ろしくひどいことが

148

        (푸른 강아지풀은 작년 것이다)
저렇게 흔들흔들하는 것이다
날씨도 화창하고 얼굴도 마주쳤으니
말을 한번 걸어볼까
(땀에 젖은 검정 모직) 모자를 벗고
이 사람은 벌써 쉰에 가깝다
        (말씀 좀 묻겠습니다

        모리오카행 열차는 몇 시에 오는지요)

        (세 시요)
무척이나 슬퍼 보이는 사람이다
박물관에 진열된 노 가면 같기도 하고
어딘지 매를 닮은 분위기도 있다
등 뒤의 차고 흰 허공에는
진짜 매가 휘휘 바람을 가른다
돌비늘 가루처럼 반짝이는 비구름 아래
밭에 세워진 두 대의 수레
이 사람은 이제 떠나려 한다
하얀 씨앗은 귀리로구나
        (귀리를 뿌리십니까)

        (그렇소 지금 저기서)
할아버지는 어쩐지 저 너머가 두렵다
굉장히 무섭고 끔찍한 일이

そつちにあるとおもつてゐる

そこには馬のつかない厩肥車と

けはしく翔ける鼠いろの雲ばかり

こはがつてゐるのは

やつぱりあの蒼鉛の労働なのか

　　　　（こやし入れだのすか

　　　　　堆肥ど過燐酸どすか）

　　　　（あんさうす）

　　　　（ずゐぶん気持のいゝ処だもな）

　　　　（ふう）

この人はわたくしとはなすのを

なにか大へんはばかつてゐる

それはふたつのくるまのよこ

はたけのをはりの天末線

ぐらぐらの空のこつち側を

すこし猫背でせいの高い

くろい外套の男が

雨雲に銃を構へて立つてゐる

あの男がどこか気がへんで

急に鉄砲をこつちへ向けるのか

あるいは Miss Robin たちのことか

それとも両方いつしよなのか

저쪽에 있다고 생각한다

그곳엔 동그마니 남은 두엄 수레와

힘차게 날아오르는 쥐색 구름뿐

두려운 것은 역시

비스무트 결정처럼 거친 노동인 것일까

      (비료를 담으십니까

       두엄과 과인산입니까)

      (음 그렇소)

      (기분이 상당히 좋아지는 곳이네요)

      (휴우)

이 사람은 나와 이야기하는 것을

무척이나 질색하고 있다

두 대의 수레 옆

밭의 끝이 그리는 지평선

흔들리는 하늘 아래로

허리가 약간 굽고 키가 큰

검은 외투의 남자가

비구름 속에 총을 들고 서 있다

저 남자가 정신이 나가서

갑자기 총구를 이쪽으로 들이밀까

아니면 Miss Robin들 쪽으로

그것도 아니면 양쪽 모두에게

どつちも心配しないでくれ

わたしはどつちもこはくない

やつてるやつてるそらで鳥が

　　　（あの鳥何て云ふす　此処らで）

　　　（ぶどしぎ）

　　　（ぶどしぎて云ふのか）

　　　（あん　曇るづどよぐ出はら）

から松の芽の緑玉髄

かけて行く雲のこつちの射手は

またもつたいらしく銃を構へる

　　　（三時の次あ何時だべす）

　　　（五時だべが　ゆぐ知らない）

過燐酸石灰のヅツク袋

水溶十九と書いてある

学校のは十五％だ

雨はふるしわたくしの黄いろな仕事着もぬれる

遠くのそらではそのぼとしぎどもが

大きく口をあいてビール瓶のやうに鳴り

灰いろの咽喉の粘膜に風をあて

めざましく雨を飛んでゐる

少しばかり青いつめくさの交つた

かれくさと雨の雫との上に

무엇이 됐든 걱정하지 마
나는 어느 쪽도 두렵지 않으니
왔구나 왔어 하늘에서 새가
　　　(여기서는　저 새를 뭐라고 부르나요)
　　　(도요새)
　　　(아 그렇군요)
　　　(음　날이 흐리면 자주 나오지)
낙엽송 새싹은 녹색의 옥수
구름을 등지고 달려가는 사수는
또다시 아쉬운 듯 총을 들어 올린다
　　　(세 시 다음은 몇 시 차죠)
　　　(다섯 시인가　잘 모르겠군)
과인산석회가 든 포대에는
'수용19'라고 쓰여 있다
학교에 있는 것은 15%다
비가 내리고 나의 노란 작업복도 젖는다
먼 하늘에는 도요새들이
크게 입 벌려 맥주병처럼 지저귀고
목구멍의 잿빛 점막에 바람을 쐬며
눈부시게 빗속을 날아다닌다
푸른 토끼풀이 약간 섞인
건초와 빗방울 위에서

菩薩樹皮の厚いけらをかぶつて

さつきの娘たちがねむつてゐる

爺さんはもう向ふへ行き

射手は肩を怒らして銃を構へる

　　　（ぼとしぎのつめたい発動機は……）

ぼとしぎはぶうぶう鳴り

いつたいなにを射たうといふのだ

爺さんの行つた方から

わかい農夫がやつてくる

かほが赤くて新鮮にふとり

セシルローズ型の円い肩をかゞめ

燐酸のあき袋をあつめてくる

二つはちやんと肩に着てゐる

　　　（降つてげだごとなさ）

　　　（なあにすぐ霽れらんす）

火をたいてゐる

赤い焔もちらちらみえる

農夫も戻るしわたくしもついて行かう

これらのからまつの小さな芽をあつめ

わたくしの童話をかざりたい

ひとりのむすめがきれいにわらつて起きあがる

みんなはあかるい雨の中ですうすうねむる

154

보리수 껍질로 만든 두툼한 도롱이를 걸친

아까 그 여자아이들이 잠들어 있다

할아버지는 벌써 저 너머로 가버리고

사수는 위압적으로 총을 들어 올린다

      (도요새의 차가운 모터는……)

도요새는 삐삐 울고

도대체 무엇을 쏘려 하는가

할아버지가 가버린 쪽에서

젊은 농부가 다가온다

얼굴은 붉고 생기 있게 살이 올라

세실 로즈[10]처럼 둥근 어깨를 구부린 채

빈 인산 자루를 모아서 온다

두 개는 제대로 어깨에 들쳐 맸다

      (비가 내려 힘드시겠습니다)

      (뭐 곧 그치겠지요)

불을 피우고 있다

붉은 불꽃이 팔랑팔랑 보인다

농부가 떠나니 나도 따라가야지

낙엽송의 작은 새싹을 모아

나의 동화를 꾸미고 싶다

한 소녀가 예쁘게 웃으며 잠에서 깬다

모두 밝은 빗속에서 새근새근 잠이 든다

（うな　いいをなごだもな）

　にはかにそんなに大声にどなり

　まつ赤になつて石臼のやうに笑ふのは

　このひとは案外にわかいのだ

　すきとほつて火が燃えてゐる

　青い炭素のけむりも立つ

　わたくしもすこしあたりたい

　　　（おらも中つでもいがべが）

　　　（いてす　さあおおあだりやんせ）

　　　（汽車三時すか）

　　　（三時四十分

　　　　まだ一時にもならないも）

　火は雨でかへつて燃える

　自由射手は銀のそら

　ぼとしぎどもは鳴らす鳴らす

　すつかりぬれた　寒い　がたがたする

　　　　　　パート九

　すきとほつてゆれてゐるのは

　さつきの剽悍な四本のさくら

　わたくしはそれを知つてゐるけれども

　　　　　　　　156

　　　　(너　참 예쁘구나)
갑자기 그토록 큰 소리를 내며
얼굴이 새빨개져 맷돌처럼 웃는 걸 보면
생각보다 젊은 사람 같기도
투명하게 불이 타오른다
푸른 탄소의 연기가 피어난다
나도 조금은 불을 쬐고 싶다
　　　　(불 좀 쬐어도 될까요)
　　　　(그럼요　자 이리로)
　　　　(기차는 세 시에 있습니까)
　　　　(세 시 사십 분
　　　　 아직 한 시도 안 됐어요)
불은 비로 바뀌어 타오른다
마탄의 사수[1]는 은빛 하늘에 뜨고
도요새들은 지저귄다 지저귄다
완전히 젖었다　춥다　덜덜 떨린다

파트 9

투명하게 흔들리는
사나운 벚나무 네 그루
나는 그것을 알고 있지만

眼にははつきり見てゐない
たしかにわたくしの感官の外で
つめたい雨がそそいでゐる
　　　（天の微光にさだめなく
　　　　うかべる石をわがふめば
　　　　おゝユリア　しづくはいとど降りまさり
　　　　カシオペーアはめぐり行く）
ユリアがわたくしの左を行く
大きな紺いろの瞳をりんと張つて
ユリアがわたくしの左を行く
ペムペルがわたくしの右にゐる
…………はさつき横へ外れた
あのから松の列のとこから横へ外れた
　　　　（（幻想が向ふから迫つてくるときは
　　　　　もうにんげんの壊れるときだ））
わたくしははつきり眼をあいてあるいてゐるのだ
ユリア　ペムペル　わたくしの遠いともだちよ
わたくしはずゐぶんしばらくぶりで
きみたちの巨きなまつ白なすあしを見た
どんなにわたくしはきみたちの昔の足あとを
白堊系の頁岩の古い海岸にもとめただらう
　　　　（（あんまりひどい幻想だ））

158

육안으로는 잘 보이지 않는다

나의 감각 밖으로

차가운 비가 쏟아지고 있다

    (하늘의 희미한 불빛에 의지해

      둥실 떠오르는 돌을 밟으면

      오 율리아 물방울은 한층 더 쏟아지고

      카시오페이아는 하늘을 순환한다)

율리아가 나의 왼쪽으로 지나간다

커다란 감색 눈동자를 동그랗게 뜨고

율리아가 나의 왼쪽으로 지나간다

펨펠이 나의 오른쪽으로 지나간다

…………는 방금 옆으로 비껴갔다

낙엽송 늘어선 저기 어딘가에서 옆으로 비껴갔다

    ((환상이 저 너머에서 쫓아오는 때는

      인간이 이미 무너지려는 때다))

나는 또렷이 눈을 뜨고 길을 걷는다

율리아 펨펠[12] 먼 곳에 있는 나의 친구여

나는 아주 오랜만에

너희들의 크고 흰 맨발을 보았다

내가 얼마나 너희들의 옛 발자국을

백악기 퇴적암의 오래된 해안에서 찾아 헤맸는지

    ((너무도 끔찍한 환상이다))

159

わたくしはなにをびくびくしてゐるのだ

どうしてもどうしてもさびしくてたまらないときは

ひとはみんなきつと斯ういふことになる

きみたちとけふあふことができたので

わたくしはこの巨きな旅のなかの一つづりから

血みどろになつて遁げなくてもいいのです

　　　（ひばりが居るやうな居ないやうな

　　　　腐植質から麦が生え

　　　　雨はしきりに降つてゐる）

さうです　農場のこのへんは

まつたく不思議におもはれます

どうしてかわたくしはここらを

der heilige Punkt と

呼びたいやうな気がします

この冬だつて耕耘部まで用事で来て

こゝいらの匂のいゝふぶきのなかで

なにとはなしに聖いこころもちがして

凍えさうになりながらいつまでもいつまでも

いつたり来たりしてゐました

さつきもさうです

どこの子どもらですかあの瓔珞をつけた子は

　　　　　　（（そんなことでだまされてはいけない

160

나는 무엇을 이리도 두려워하는가
아무리 애를 써도 못 견디게 외로울 땐
인간은 모두 두려움에 떨게 되리니
오늘 너희들을 만날 수 있었기에
나는 이 거대한 여행의 한 자락에서
피투성이가 된 채 도망치지 않을 수 있었다

    (종달새가 있는 듯 없는 듯

      부식질에서 보리가 자라고

      비는 쉴 새 없이 내리고 있다)

그렇습니다   이 주변 농장은
정말로 신기한 곳입니다
어쩐지 나는 이 근방을
der heilige Punkt[13]라고
부르고 싶은 마음입니다
지난겨울에도 일이 있어 경작부에 왔다가
이 근방 향기 좋은 눈보라 속에서
왠지 모르게 성스러운 기분이 들어
꽁꽁 얼어붙을 것 같은데도 하염없이
어슬렁어슬렁 걸었습니다
아까도 마찬가지였어요
부처의 목걸이를 한 저 아이들은 어디서 왔을까요

    ((그런 것에 속지 마

　　　　ちがつた空間にはいろいろちがつたものがゐる

　　　　それにだいいちさつきからの考へやうが

　　　　まるで銅版のやうなのに気がつかないか))

雨のなかでひばりが鳴いてゐるのです

あなたがたは赤い瑪瑙の棘でいつぱいな野はらも

その貝殻のやうに白くひかり

底の平らな巨きなすあしにふむのでせう

　　　　もう決定した　そつちへ行くな

　　　　これらはみんなただしくない

　　　　いま疲れてかたちを更へたおまへの信仰から

　　　　発散して酸えたひかりの澱だ

　　ちひさな自分を劃ることのできない

　　この不可思議な大きな心象宙宇のなかで

もしも正しいねがひに燃えて

じぶんとひとと万象といつしよに

至上福祉にいたらうとする

それをある宗教情操とするならば

そのねがひから砕けまたは疲れ

じぶんとそれからたつたもひとつのたましひと

完全そして永久にどこまでもいつしよに行かうとする

この変態を恋愛といふ

そしてどこまでもその方向では

다른 차원에는 여러 다른 존재들이 있어
게다가 아까부터 네가 생각한 것들이
흡사 구리판 같다는 걸 아직 모르겠니))
빗속에서 종달새가 울고 있습니다
여러분은 빨간 마노의 가시로 가득한 들판도
조가비처럼 희게 빛나는
넓고 거대한 발바닥으로 밟으며 걷겠지요
이제 결정했다   거기로 가지 마라
모든 것이 올바르지 않다
지금 지쳐 형태를 바꾼 너의 신앙에서
발산하고 산화한 빛의 침전이다
자그마한 나를 표현하는 것조차 불가능한
이 불가사의하고 커다란 심상 우주 속에서
혹시라도 내 소원이 하늘에 닿는다면
나와 인간과 만상이 다 함께
더할 나위 없는 행복에 이르고자 한다
이것이 어떠한 종교적 정조라 한다면
그 소원이 좌절되거나 혹은 지쳐
자신과 단 하나의 영혼과 함께
완전히 영구히 어디까지나 가고자 하는
이러한 탈바꿈을 연애라 한다
그리고 어디까지나 그 방향에서는

決して求め得られないその恋愛の本質的な部分を

むりにもごまかし求め得ようとする

この傾向を性慾といふ

すべてこれら漸移のなかのさまざまな過程に従つて

さまざまな眼に見えまた見えない生物の種類がある

この命題は可逆的にもまた正しく

わたくしにはあんまり恐ろしいことだ

けれどもいくら恐ろしいといつても

それがほんたうならしかたない

さあはつきり眼をあいてたれにも見え

明確に物理学の法則にしたがふ

これら実在の現象のなかから

あたらしくまつすぐに起て

明るい雨がこんなにたのしくそそぐのに

馬車が行く　馬はぬれて黒い

ひとはくるまに立つて行く

もうけつしてさびしくはない

なんべんさびしくないと云つたとこで

またさびしくなるのはきまつてゐる

けれどもここはこれでいいのだ

すべてさびしさと悲傷とを焚いて

ひとは透明な軌道をすすむ

끝내 구할 수 없는 연애의 본질을
기어이 속임수로 얻고자 하는
이러한 경향을 성욕이라 한다
이들 모두 조금씩 변해가는 과정에서
눈에 보이고 또 보이지 않는 생물들이 있다
이 명제는 가역적이며 또한 옳기에
나에게는 너무도 두려운 일이다
하지만 아무리 두렵다 해도
사실이라면 어쩔 수 없다
자 두 눈을 똑똑히 뜨고 누구에게나 보이는
명백한 물리학의 법칙을 따르자
이들 실존하는 현상 속에서
다시 꼿꼿이 몸을 일으키자
밝은 비가 이토록 즐거이 쏟아지는데
마차가 간다   말은 젖어서 검어졌고
사람은 수레에 서서 간다
이제 더 이상 외롭지 않다
외롭지 않다고 아무리 말해본들
다시 외로워질 것은 불 보듯 뻔한 일
하지만 지금은 이것으로 됐다
모든 외로움과 비통함을 불태워
사람은 투명한 궤도를 나아간다

ラリツクス　ラリツクス　いよいよ青く
雲はますます縮れてひかり
わたくしはかつきりみちをまがる

라릭스[14] 라릭스   이윽고 푸르러

구름은 점점 더 오그라져 빛나고

나는 단호히 모퉁이를 돈다

---

1 한스 안데르센의 동화 《황제와 나이팅게일》을 이르는 것으로 보인다. 겐
　 지는 안데르센의 독일어판 동화를 소장하고 있었다.
2 '모든 존재는 움직이며 탄생하고 소멸하는 와중에 있다'라는 뜻.
3 [영어] 브라운 운동. 영국의 식물학자 브라운이 발견한 액체나 기체 안에
　 떠서 움직이는 미세한 입자의 불규칙한 운동.
4 [영어] 형광 발광. 형광성.
5 [영어] 백운모. 내열성이 있는 투명한 광물로 난로 따위에 끼우는 문으로
　 사용했다.
6 니체의 《차라투스트라는 이렇게 말했다》의 불교식 번안서인 《여시경》
　 (1921)에서 차라투스트라의 번역어.
7 나폴레옹 휘하의 장군으로 모스크바에서 퇴각할 때 후위를 맡았다.
8 [영어] 울새. 여자아이의 비유.
9 대표적인 우키요에 화가인 우타마로의 작품에 동명의 그림이 있다.
10 영국의 정치가로 남아프리카 공화국 케이프주의 식민지 통독이 되어 경
　 제계를 지배하고 막대한 재산을 모았다.
11 카를 마리아 폰 베버의 오페라. 보헤미아 숲을 무대로 악마의 꾐에 빠져
　 연인을 잃는 사수의 이야기.
12 겐지 작품 속에 등장하는 가상의 인물. 율리아를 쥐라기, 펨펠을 페름기로
　 보는 견해도 있다.
13 [독일어] 신성한 장소.
14 [영어] 낙엽송.

グランド電柱

그랜드 전신주

겐지는 하나마키 마을 교차로에 세워진 전신주를 '그랜드 전신주'라고 불렀습니다. 높은 건물을 찾아보기 힘든 궁벽한 마을에서 전신주는 분명 크고 기이하게 보였을 것입니다. 앞서 인간을 반짝이는 전등에 비유한 만큼 길목에 서서 마을 구석구석에 전기를 전달하는 전신주는 겐지의 눈에 비친 풍경 가운데서도 특별히 유의미한 것이었겠지요. 언뜻 일상적이고 평범해 보이는 숲과 마을이 시인의 독특한 시선과 사상으로 신비로운 힘을 얻습니다.

林と思想

そら　ね　ごらん

むかふに霧にぬれてゐる

蓴のかたちのちひさな林があるだらう

あすこのとこへ

わたしのかんがへが

ずゐぶんはやく流れて行つて

みんな

溶け込んでゐるのだよ

　　こゝいらはふきの花でいつぱいだ

숲과 사상

있잖아   저기   좀 봐

안개에 젖은

버섯 모양의 작은 숲 보이지

거기 어딘가로

나의 생각이

빠르게 흘러가서

모두 다

녹아들고 있어

　　이 근방은 머위꽃으로 가득하구나

霧とマツチ

(まちはづれのひのきと青いポプラ)
霧のなかからにはかにあかく燃えたのは
しゆつと擦られたマツチだけれども
ずゐぶん拡大されてゐる
スヰヂツシ安全マツチだけれども
よほど酸素が多いのだ
(明方の霧のなかの電燈は
まめいろで匂もいゝし
小学校長をたかぶつて散歩することは
まことにつつましく見える)

174

안개와 성냥

(동구 밖 편백나무와 푸른 포플러)
안개 속에 돌연 붉게 타오른 것은
즉 그은 성냥일 뿐인데
불길이 꽤 거세다
안전한 스웨덴제 성냥이지만
산소가 너무 많은 탓이야
(새벽안개 속 전등은
부드러운 연둣빛에 향기도 좋고
교장 선생님인 양 우쭐대며 걷는 게
그렇게 조신해 보일 수가 없다)

芝生

風とひのきのひるすぎに
小田中はのびあがり
あらんかぎり手をのばし
灰いろのゴムのまり　光の標本を
受けかねてぽろつとおとす

잔디밭

바람과 편백나무의 이른 오후에
오다나카[1]는 몸을 쭉 펴고
있는 힘껏 손을 뻗어
회색빛 고무공　빛의 표본을
미처 받지 못하고 툭 떨어뜨렸다

1　당시 하나마키농업학교 학생으로 겐지의 제자.

青い槍の葉

（mental sketch modified）

　　　（ゆれるゆれるやなぎはゆれる）

雲は来るくる南の地平

そらのエレキを寄せてくる

鳥はなく啼く青木のほずゑ

くもにやなぎのくわくこどり

　　　（ゆれるゆれるやなぎはゆれる）

雲がちぎれて日ざしが降れば

黄金の幻燈　草の青

気圏日本のひるまの底の

泥にならべるくさの列

　　　（ゆれるゆれるやなぎはゆれる）

雲はくるくる日は銀の盤

エレキづくりのかはやなぎ

風が通ればさえ冴え鳴らし

馬もはねれば黒びかり

　　　（ゆれるゆれるやなぎはゆれる）

雲がきれたかまた日がそそぐ

土のスープと草の列

창끝 같은 푸른 잎

⟨mental sketch modified⟩

(살랑살랑 흔들린다 버드나무 흔들린다)

구름이 오네 오네 남쪽 지평에서

하늘의 에너지를 몰아서 오네

새가 우네 우네 상록수 가지 끝에서

구름 걸린 버드나무에 앉은 뻐꾸기

(살랑살랑 흔들린다 버드나무 흔들린다)

구름이 흩어지고 햇살이 쏟아지면

황금빛 환등 파릇한 풀

대기권 아래 일본은 한낮의 밑바닥

진흙에 늘어선 풀잎의 행렬

(살랑살랑 흔들린다 버드나무 흔들린다)

구름이 오네 오네 태양은 은쟁반

전기를 만드는 냇가의 버들

바람이 지나가면 맑디맑은 소리

말이 뛰어오르면 빛나는 검은 윤기

(살랑살랑 흔들린다 버드나무 흔들린다)

구름이 끊어지자 다시 빛 새어들고

대지의 수프와 풀잎의 행렬

黒くをどりはひるまの燈籠

泥のコロイドその底に

　　　（ゆれるゆれるやなぎはゆれる）

りんと立て立て青い槍の葉

たれを刺さうの槍ぢやなし

ひかりの底でいちにち日がな

泥にならべるくさの列

　　　（ゆれるゆれるやなぎはゆれる）

雲がちぎれてまた夜があけて

そらは黄水晶ひでりあめ

風に霧ふくぶりきのやなぎ

くもにしらしらそのやなぎ

　　　（ゆれるゆれるやなぎはゆれる）

りんと立て立て青い槍の葉

そらはエレキのしろい網

かげとひかりの六月の底

気圏日本の青野原

　　　（ゆれるゆれるやなぎはゆれる）

검은 춤은 한낮의 등롱

진흙의 콜로이드 그 밑으로

    (살랑살랑 흔들린다 버드나무 흔들린다)

오롯이 꼿꼿한 창끝 같은 푸른 잎

누구를 찌르려는 창이 아니다

빛의 밑바닥에서 하루 온종일

진흙 속에 늘어선 풀잎의 행렬

    (살랑살랑 흔들린다 버드나무 흔들린다)

구름이 흩어지고 다시 동트니

하늘에는 황수정색 여우비가 내리네

바람에 안개 이는 양철 버드나무

구름 곁에 희부연 저 버드나무

    (살랑살랑 흔들린다 버드나무 흔들린다)

오롯이 꼿꼿한 창끝 같은 푸른 잎

하늘은 하얀 일렉트릭 그물

빛과 그림자 6월의 밑바닥

대기권 아래 일본은 푸른 들판

    (살랑살랑 흔들린다 버드나무 흔들린다)

報告

さつき火事だとさわぎましたのは虹でございました
もう一時間もつづいてりんと張つて居ります

보고

조금 아까 불이야 하고 소란을 피운 건 무지개였습니다

벌써 한 시간도 넘게 늠름히 떠 있네요

風景観察官

あの林は

あんまり緑青を盛り過ぎたのだ

それでも自然ならしかたないが

また多少プウルキインの現象にもよるやうだが

も少しそらから橙黄線を送つてもらふやうにしたら

どうだらう

ああ何といふいい精神だ

株式取引所や議事堂でばかり

フロツクコートは着られるものでない

むしろこんな黄水晶の夕方に

まつ青な稲の槍の間で

ホルスタインの群を指導するとき

よく適合し効果もある

何といふいい精神だらう

たとへそれが羊羹いろでぼろぼろで

あるいはすこし暑くもあらうが

あんなまじめな直立や

풍경 관찰관

저 숲은
청록이 너무 짙다
그게 자연이라면 별 수 없겠고
얼마간은 푸르키녜 현상 탓도 있겠지만
하늘에서 등황색 광선을 조금만 더 비춰주면
어떨까 싶은데

아아 이 얼마나 훌륭한 정신인가
증권거래소나 국회의사당에서만
프록코트를 입을 수 있는 건 아니다
오히려 샛노랗게 물든 이런 저녁에
창끝처럼 뾰족한 새파란 벼 사이로
젖소 무리를 끌고 가기에도
아주 적합하고 효과적이다
이 얼마나 훌륭한 정신인가
설령 양갱색으로 바래고
어쩌면 조금 덥기도 하겠지만
저토록 성실한 직립과

風景のなかの敬虔な人間を

わたくしはいままで見たことがない

풍경 속 경건한 인간을

나는 이제껏 본 적이 없다

岩手山

そらの散乱反射のなかに
古ぼけて黒くゑぐるもの
ひかりの微塵系列の底に
きたなくしろく澱むもの

이와태산

반사된 하늘의 산란 속에서
낡아서 검게 푹 파인 것
빛의 티끌들 밑바닥에
더럽고 흰 앙금 같은 것

高原

海だべがど　おら　おもたれば
やつぱり光る山だたぢやい
ホウ
髪毛　風吹けば
鹿踊りだぢやい

고원

바다가 아닐까   나   생각했는데
햇살 쏟아지는 산이었구나
아아
머리칼   바람 불면
사자춤을 추는구나

印象

ラリツクスの青いのは

木の新鮮と神経の性質と両方からくる

そのとき展望車の藍いろの紳士は

X型のかけがねのついた帯革をしめ

すきとほつてまつすぐにたち

病気のやうな顔をして

ひかりの山を見てゐたのだ

인상

낙엽송이 푸른 것은
나무의 성질이 신선하고 예민해서다
그때 창밖을 내다본 짙푸른 신사는
X 모양 고리가 달린 허리띠를 조이며
맑고 곧게 서서
어디가 아픈 듯이
햇살 쏟아지는 산을 바라보았다

高級の霧

こいつはもう

あんまり明るい高級の霧です

白樺も芽をふき

からすむぎも

農舎の屋根も

馬もなにもかも

光りすぎてまぶしくて

    （よくおわかりのことでせうが

      日射しのなかの青と金

      落葉松は

      たしかとどまつに似て居ります）

まぶし過ぎて

空気さへすこし痛いくらゐです

우아한 안개

이건 정말로

밝고 우아한 안개입니다

자작나무도 싹이 트고

메귀리도

농가의 지붕도

서성이는 말도 모두 다

환하고 눈부셔

      (잘 아시겠지만

       햇살 아래 푸른 금빛

       낙엽송은

       확실히 분비나무를 닮았습니다)

너무 눈이 부셔서

공기조차 살짝 아플 지경입니다

電車

トンネルへはひるのでつけた電燈ぢやないのです
車掌がほんのおもしろまぎれにつけたのです
こんな豆ばたけの風のなかで

　なあに　山火事でござんせう
　なあに　山火事でござんせう
　あんまり大きござんすから
　はてな　向ふの光るあれは雲ですな
　木きつてゐますな
　いゝえ　やつぱり山火事でござんせう

おい　きさま
日本の萱の野原をゆくビクトルカランザの配下
帽子が風にとられるぞ
こんどは青い稗を行く貧弱カランザの末輩
きさまの馬はもう汗でぬれてゐる

전차

터널이라 불을 켠 것이 아닙니다
차장이 그저 재미 삼아 켠 것이죠
콩밭에 이는 바람 속을 달립니다

   저런   산불이군

   저런   산불이야

   꽤 큰불인데

   한데   저기 빛나는 건 구름일 거야

   나무를 자르는군

   아니   아무래도 산불 같은데

어이   이봐
일본의 갈대 들판을 걷는 승리자 카란사[1]의 부하여
모자가 바람에 날아가겠어
설익은 제패의 들판을 가는 초라한 카란사의 병사여
당신 말은 이미 땀에 젖었어

---

1 1910년부터 1917년에 걸쳐 멕시코의 독재자를 무너뜨리고 민주혁명정부
   대통령 직에 오르나 보수 정책으로 민심을 잃고 암살당한 인물.

天然誘接

　　　　北斎のはんのきの下で

　　　　黄の風車まはるまはる

　　いつぽんすぎは天然誘接ではありません

　　槻つきと杉とがいつしよに生えていつしよに育ち

　　たうとう幹がくつついて

　　険しい天光に立つといふだけです

　　鳥も棲んではゐますけれど

연리지

호쿠사이[1]가 그린 오리나무 아래

노란 풍차 돌고 또 돈다

이 거대한 삼나무가 접나무는 아닙니다

느티나무와 삼나무를 함께 심고 함께 키우다

어느새 줄기가 서로 얽히며

위태로이 태양을 향해 자랐을 뿐이지요

새들도 깃들어 있기는 하지만

---

1 가쓰시카 호쿠사이. 후기 에도시대를 대표하는 우키요에 화가.

原体剣舞連

(mental sketch modified)

dah‒dah‒dah‒dah‒dah‒sko‒dah‒dah

こんや異装のげん月のした

鶏の黒尾を頭巾にかざり

片刃の太刀をひらめかす

原体村の舞手たちよ

鵙いろのはるの樹液を

アルペン農の辛酸に投げ

生しののめの草いろの火を

高原の風とひかりにさゝげ

菩提樹皮と縄とをまとふ

気圏の戦士わが朋たちよ

青らみわたる顥気をふかみ

楢と櫟とのうれひをあつめ

蛇紋山地に篝をかかげ

ひのきの髪をうちゆすり

まるめろの匂のそらに

あたらしい星雲を燃せ

dah‒dah‒sko‒dah‒dah

하라타이 검무

(mental sketch modified)

dah‒dah‒dah‒dah‒dah‒sko‒dah‒dah

오늘 밤 기괴한 옷을 입고 눈썹달 아래

닭의 검은 꽁지를 두건에 달고

외날의 긴 검을 번뜩거리는

하라타이 마을의 춤꾼들이여

연분홍빛 봄의 수액을

고랭지 농사의 고단함에 뿌리고

싱그러운 동틀 녘 연둣빛 불을

고원의 바람과 햇살에 바치며

보리수 껍질과 노끈을 몸에 두른

대기권의 전사 나의 친구여

파릇하고 광활한 기운이 번지니

졸참나무와 너도밤나무의 근심을 모아

사문암 산지에 화톳불을 피우고

편백나무 머리칼을 마구 흔들며

모과 향기 그윽한 하늘에

새로운 성운을 불태우리라

dah‒dah‒sko‒dah‒dah

201

肌膚を腐植と土にけづらせ

筋骨はつめたい炭酸に粗び

月月に日光と風とを焦慮し

敬虔に年を累ねた師父たちよ

こんや銀河と森とのまつり

准平原の天末線に

さらにも強く鼓を鳴らし

うす月の雲をどよませ

　　　Ho！　Ho！　Ho！

　　　　　むかし達谷の悪路王

　　　　　まつくらくらの二里の洞

　　　　　わたるは夢と黒夜神

　　　　　首は刻まれ漬けられ

アンドロメダもかゞりにゆすれ

　　　　　青い仮面このこけおどし

　　　　　太刀を浴びてはいつぷかぷ

　　　　　夜風の底の蜘蛛をどり

　　　　　胃袋はいてぎつたぎた

dah－dah－dah－dah－dah－sko－dah－dah

さらにただしく刃を合はせ

霹靂の青火をくだし

四方の夜の鬼神をまねき

피부는 부식질과 흙에 쓸리고
근육과 뼈는 찬 탄산으로 거칠어져
다달이 햇볕과 바람을 애태우며
매년 경건하게 춤추는 스승들이여
오늘 밤 은하와 수풀의 축제
준평원 하늘과 땅이 닿는 곳에서
더더욱 힘차게 북을 두드려
으스름달 구름까지 울려 퍼지게 하라
    Ho! Ho! Ho!
        아주 먼 옛날 탓타의 아쿠로 왕[1]
        새까만 이십 리 길이의 동굴
        방문객은 꿈과 밤을 지배하는 신
        목이 잘리어 물속에 잠겨 있다
안드로메다도 화톳불에 흔들리니
        푸른 가면 쓰고 엄포를 놓다가
        검무의 물결 속에 어푸어푸푸
        밤바람 아래 흐르는 거미의 춤
        위에서 게워내니 괴로워 몸부림친다
    dah-dah-dah-dah-dah-sko-dah-dah
거듭 정확하게 칼을 맞추니
벼락처럼 푸른 불길이 내려와
사방에서 밤의 귀신을 초대한다

樹液もふるふこの夜さひとよ

赤ひたたれを地にひるがへし

雹雲と風とをまつれ

　　　dah−dah−dah−dahh

夜風とどろきひのきはみだれ

月は射そそぐ銀の矢並

打つも果てるも火花のいのち

太刀の軋りの消えぬひま

　　　dah−dah−dah−dah−dah−sko−dah−dah

太刀は稲妻萱穂のさやぎ

獅子の星座に散る火の雨の

消えてあとない天のがはら

打つも果てるもひとつのいのち

　　　dah−dah−dah−dah−dah−sko−dah−dah

204

수액도 벌벌 떠는 이 밤이 새도록

붉은 옷자락을 땅 위에 펄럭이며

우박 구름과 바람을 모시어라

　　　dah-dah-dah-dahh

밤바람 세차고 편백나무 흐트러져

달빛은 쏟아지는 은빛 화살들

찌르건 찔리건 불꽃같은 생명

부딪히는 검 소리 멎을 줄 모르는 사이

　　　dah-dah-dah-dah-dah-sko-dah-dah

검에는 번개 치고 억새 끝은 쐐쐐

사자궁에 비처럼 떨어지는 불똥이

사라져 흔적 없는 하늘의 들판

찌르건 찔리건 하나의 생명

　　　dah-dah-dah-dah-dah-sko-dah-dah

1　이와테현에 전해 오는 전설 속 인물. 아이누족의 추장이며 탓타 동굴에
　산다.

グランド電柱

あめと雲とが地面に垂れ
すすきの赤い穂も洗はれ
野原はすがすがしくなつたので
花巻グランド電柱の
百の碍子にあつまる雀

掠奪のために田にはひり
うるうるうるうると飛び
雲と雨とのひかりのなかを
すばやく花巻大三叉路の
百の碍子にもどる雀

그랜드 전신주

비와 구름이 지면에 드리워
참억새의 붉은 이삭도 씻기고
들판은 더없이 상쾌해져서
하나마키 마을 그랜드 전신주
백의 뚱딴지로 모여드는 참새

이삭을 훔치러 논에 들어갔다가
휘릭휘릭 휘릭휘릭 날아서
구름과 비로 반짝이는 빛 속을
재바르게 지나 하나마키 마을 교차로
백의 뚱딴지로 돌아오는 참새

山巡査

おお

何といふ立派な楢だ

緑の勲爵士だ

雨にぬれてまつすぐに立つ緑の勲爵士だ

栗の木ばやしの青いくらがりに

しぶきや雨にびしやびしや洗はれてゐる

その長いものは一体舟か

それともそりか

あんまりロシヤふうだよ

沼に生えるものはやなぎやサラド

きれいな蘆のサラドだ

숲의 기사

<u>오오</u>
이 얼마나 훌륭한 졸참나무인가
녹색의 기사로구나
비에 젖어 곧게 뻗은 녹색의 기사로다

밤나무 숲 푸르스름한 어둠 속에
물보라와 빗방울에 흠뻑 젖은
길쭉한 저것은 배인가
썰매인가
러시아에서 온 것 같군

늪에 자란 것은 수양버들과 샐러드
깨끗한 갈대 샐러드다

電線工夫

でんしんばしらの気まぐれ碍子の修繕者

雲とあめとの下のあなたに忠告いたします

それではあんまりアラビアンナイト型です

からだをそんなに黒くかつきり鍵にまげ

外套の裾もぬれてあやしく垂れ

ひどく手先を動かすでもないその修繕は

あんまりアラビアンナイト型です

あいつは悪魔のためにあの上に

つけられたのだと云はれたとき

どうあなたは弁解をするつもりです

전선 수리공

전신주의 변덕스러운 뚱딴지를 손보는 수리공
구름과 비 아래 당신에게 충고합니다
이것 참 아라비안나이트가 따로 없네요
그렇게 작고 까만 장치 하나에 온몸을 의지해
외투 소매까지 젖은 채 위태롭게 매달려서
손끝을 크게 움직이지도 않고 수리를 하시는데
아라비안나이트가 따로 없습니다
저놈이 악마를 위해
거기 매달려 있는 거라고 누군가 말한다면
당신은 뭐라고 하실 텐가요

たび人

あめの稲田の中を行くもの
海坊主林のはうへ急ぐもの
雲と山との陰気のなかへ歩くもの
もつと合羽をしつかりしめろ

나그네

비 내리는 논두렁을 걷는 자
까마득한 바다 같은 숲을 향해 서두르는 자
구름과 산의 음기 속으로 걸어가는 자
우비를 좀 더 바짝 조이십시오

竹と楢

煩悶ですか

煩悶ならば

雨の降るとき

竹と楢との林の中がいいのです

　　　　（おまへこそ髪を刈れ）

竹と楢との青い林の中がいいのです

　　　　（おまへこそ髪を刈れ

　　　　　そんな髪をしてゐるから

　　　　　そんなことも考へるのだ）

대나무와 졸참나무

번민합니까
번민한다면
비 오는 날
대나무와 졸참나무 숲속으로 가세요
    (너야말로 머리가 산발인데)
대나무와 졸참나무 푸른 숲속으로 가세요
    (너야말로 머리가 산발인데
      그런 머리를 하고 있으니
      그런 생각도 드는 거란다)

銅線

おい　銅線をつかつたな

とんぼのからだの銅線をつかひ出したな

　　　はんのき　はんのき

　　　交錯光乱転

気圏日本では

たうとう電線に銅をつかひ出した

　　　(光るものは碍子

　　　　過ぎて行くものは赤い萱の穂)

구리선

어이   구리선을 썼지
잠자리 몸에서 구리선을 꺼내 썼지
      오리나무   오리나무
      어지러이 얼크러지는 빛
대기권 아래 일본은
드디어 전선에 구리를 쓰기 시작했다
      (빛나는 것은 단자
      스쳐가는 것은 붉은 참억새 이삭)

滝沢野

光波測定の誤差から

から松のしんは徒長し

柏の木の烏瓜ランタン

　　　（ひるの鳥は曠野に啼き

　　　　あざみは青い棘に遷る）

太陽が梢に発射するとき

暗い林の入口にひとりたたずむものは

四角な若い樺の木で

Green Dwarf といふ品種

日光のために燃え尽きさうになりながら

燃えきらず青くけむるその木

羽虫は一疋づつ光り

鞍掛や銀の錯乱

　　　（寛政十一年は百二十年前です）

そらの魚の涎れはふりかかり

天末線の恐ろしさ

다키자와 들판

광파 측정에 오차가 생겨

낙엽송 가지 끝이 웃자라고

떡갈나무 타고 오르는 쥐참외 랜턴

    (한낮의 새는 광야에서 지저귀고

      엉겅퀴는 푸른 덤불로 변한다)

태양이 우듬지로 발사될 때

어두운 숲 입구에 홀로 서성이는

네모난 어린 자작나무는

Green Dwarf라는 품종

강렬한 햇살에 완전히 타버릴 것 같으면서도

타다 남아 푸른 연기를 피워 올린다

날벌레는 한 마리씩 빛나고

구라카케산과 은빛 착란

    (간세이11년은 백이십 년 전입니다)

하늘 물고기의 침이 사방으로 튀고

하늘 끝에 닿은 선은 장대하도다

東岩手火山

히가시이와테 화산

어스름한 새벽녘, 겐지는 램프를 들고 학생들을 인솔해 히가시이와테 화산에 오릅니다. 이 화산은 이와테산 일대에서 분화했으며 최고봉에 야쿠시 화구가 있습니다. 아직 어둠이 걷히지 않아 고요히 달빛이 흐르는 화구의 둘레에서 밤의 심상 스케치가 펼쳐집니다. 그는 왜 어두컴컴한 분화구를 걷고자 했을까요. 어둠 속에서 지상의 침전물인 화산을 걸으며 무엇을 발견하려 했을까요. 화산에 오른 사람들은 화산구 그림자에 가려 사라졌다 다시 나타나기도 하고, 램프로 긴 그림자를 드리우기도 합니다. 까마득한 옛날 땅속에서 끓어오른 용액에 의해 생성된 화구의 끝에서, 작은 인간의 흐릿한 실루엣을 언어로 스케치하며, 겐지는 어떠한 본질에 다가가려 했을까요.

東岩手火山

　　月は水銀　後夜の喪主

　　火山礫は夜の沈澱

　　火口の巨きなゑぐりを見ては

　　たれもみんな愕くはずだ

　　　　（風としづけさ）

　　いま漂着する薬師外輪山

　　頂上の石標もある

　　　　（月光は水銀　月光は水銀）

((こんなことはじつにまれです

向ふの黒い山……つて　それですか

それはここのつづきです

ここのつづきの外輪山です

あすこのてつぺんが絶頂です

向ふの？

向ふのは御室火口です

これから外輪山をめぐるのですけれども

いまはまだなんにも見えませんから

もすこし明るくなつてからにしませう

히가시이와테 화산

　　달은 수은　새벽녘의 상주

　　용암 조각은 밤의 침전

　　움푹 파인 거대한 분화구를 본다면

　　누구나 놀랄 것이다

　　　　(바람과 정적)

　　지금 막 표착한 야쿠시 외륜산[1]

　　정상에는 글을 새긴 돌도 있다

　　　　(달빛은 수은　달빛은 수은)

((이건 정말 드문 일입니다

멀리 검은 산……이라면　저곳 말입니까

저곳과 이곳은 이어져 있어요

이곳과 이어진 외륜산입니다

저 꼭대기가 정상이지요

저기요?

저기는 오무로 화구입니다

이제 외륜산을 둘러볼 텐데요

아직은 아무것도 안 보이니까

날이 조금 더 밝으면 가도록 하지요

えゝ　太陽が出なくても

あかるくなつて

西岩手火山のはうの火口湖やなにか

見えるやうにさへなればいいんです

お日さまはあすこらへんで拝みます))

　　黒い絶頂の右肩と

　　そのときのまつ赤な太陽

　　わたくしは見てゐる

　　あんまり真赤な幻想の太陽だ

((いまなん時です

三時四十分？

ちやうど一時間

いや四十分ありますから

寒いひとは提灯でも持つて

この岩のかげに居てください))

　　ああ　暗い雲の海だ

((向ふの黒いのはたしかに早池峰です

線になつて浮きあがつてるのは北上山地です

　　うしろ？

　　あれですか

あれは雲です　柔らかさうですね

雲が駒ヶ岳に被さつたのです

그래요   태양이 뜨지 않아도

사위가 밝아

니시이와테산[2]의 화구호 같은 것이

보일 정도면 괜찮습니다

해돋이는 저 근처에서 볼까요))

　　검은 정상의 오른 어깨와

　　그때의 짙붉은 태양을

　　나는 보고 있다

　　너무도 붉은 환상의 태양이다

((지금 몇 시인가요

세 시 사십 분?

딱 한 시간

아니 사십 분 남았으니

추운 사람은 등불을 들고

바위 밑에서 기다리세요))

　　아아   어두운 구름의 바다다

((저기 검은 것이 하야치네산일 겁니다

붓질한 듯한 저 선은 기타카미 산지입니다

　　뒤쪽?

　　저겁니까

저건 구름입니다   부드러워 보이지요

구름이 산악을 덮은 겁니다

水蒸気を含んだ風が

駒ヶ岳にぶつつかつて

上にあがり

あんなに雲になつたのです

鳥海山は見えないやうです

けれども

夜が明けたら見えるかもしれませんよ))

  (柔かな雲の波だ

   あんな大きなうねりなら

   月光会社の五千噸の汽船も

   動揺を感じはしないだらう

   その質は

   蛋白石　glass-wool

   あるいは水酸化礬土の沈澱)

((じつさいこんなことは稀なのです

わたくしはもう十何べんも来てゐますが

こんなにしづかで

そして暖かなことはなかつたのです

麓の谷の底よりも

さつきの九合の小屋よりも

却つて暖かなくらゐです

今夜のやうなしづかな晩は

수증기를 품은 바람이

산악에 부딪혀

상승하면서

구름이 된 거예요

조카이산은 보이지 않는 것 같습니다

하지만

날이 밝으면 보일지도 몰라요))

      (구름의 파도가 부드럽다

       저렇게 큰 너울이라면

       달빛 회사의 오천 톤급 증기선도

       흔들림을 느끼지 못하겠지

       재질은

       오팔   glass-wool

       혹은 수산화알루미늄의 침전)

((사실 이건 드문 경우예요

저는 벌써 열 번 넘게 왔지만

이렇게 조용하고

따뜻했던 적은 없었어요

산기슭 아래 골짜기보다

조금 전 구부 능선 오두막보다

오히려 따뜻합니다

오늘처럼 조용한 밤이면

つめたい空気は下へ沈んで

霜さへ降らせ

暖い空気は

上に浮んで来るのです

これが気温の逆転です))

　　御室火口の盛りあがりは

　　月のあかりに照らされてゐるのか

　　それともおれたちの提灯のあかりか

　　提灯だといふのは勿体ない

　　ひはいろで暗い

((それではもう四十分ばかり

寄り合つて待つておいでなさい

さうさう　北はこつちです

北斗七星は

いま山の下の方に落ちてゐますが

北斗星はあれです

それは小熊座といふ

あの七つの中なのです

それから向ふに

縦に三つならんだ星が見えませう

下には斜めに房が下つたやうになり

右と左とには

차가운 공기는 아래로 잠기고

서리마저 내리는데

따뜻한 공기는

위로 떠오르지요

이것이 온도의 역전입니다))

　　오무로 화구가 부푸는 것은

　　달빛이 비춘 탓인가

　　우리의 등불 탓인가

　　등불 때문이라는 건 과한가

　　어두운 연둣빛이다

((그럼 이제 사십 분만

서로 몸을 붙이고 기다려주세요

맞습니다　이쪽이 북쪽입니다

북두칠성은

산 너머로 떨어졌지만

북극성은 저기 있네요

작은곰자리라고 하는

일곱 별 가운데 하나입니다

그리고 저기

세로로 나란히 뜬 별 세 개가 보이지요

아래로는 비스듬히 술을 늘어뜨린 모양이고

오른쪽과 왼쪽에

赤と青と大きな星がありませう

あれはオリオンです　オライオンです

あの房の下のあたりに

星雲があるといふのです

いま見えません

その下のは大犬のアルフア

冬の晩いちばん光つて目立つやつです

夏の蝎とうら表です

さあみなさん　ご勝手におあるきなさい

向ふの白いのですか

雪ぢやありません

けれども行つてごらんなさい

まだ一時間もありますから

私もスケツチをとります））

　はてな　わたくしの帳面の

　書いた分がたつた三枚になつてゐる

　事によると月光のいたづらだ

　藤原が提灯を見せてゐる

　ああ頁が折れ込んだのだ

　さあでは私はひとり行かう

　外輪山の自然な美しい歩道の上を

　月の半分は赤銅　地球照

커다란 붉은 별과 푸른 별이 있을 겁니다

그것은 오리온자리입니다   오라이온이라고도 하죠

저 무리 아래에

성운이 있다고 합니다

지금은 안 보이네요

그 아래는 큰개자리 알파성

겨울밤 가장 도드라지게 빛나는 별입니다

여름의 전갈자리에 해당합니다

자 여러분   마음껏 걸어보세요

저쪽에 하얀 것 말입니까

눈은 아닐 겁니다

한번 가보세요

아직 한 시간이나 남았으니까요

저는 스케치를 하겠습니다))

　　그런데   내 수첩에

　　적힌 내용은 달랑 세 장뿐

　　달빛이 장난을 치는지도 몰라

　　후지와라가 등불을 비쳐준다

　　아아 페이지가 접혀 있었구나

　　자 그럼 나는 혼자서 가자

　　외륜산의 자연스럽고 아름다운 길 위를

　　달의 반쪽은 구릿빛   지구의 반사광

((お月さまには黒い処もある))

　　((後藤又兵衛いつつも拝んだづなす))

　　私のひとりごとの反響に

　　小田島治衛が云つてゐる

((山中鹿之助だらう))

　　もうかまはない　歩いていゝ

　　　　どつちにしてもそれは善いことだ

二十五日の月のあかりに照らされて

薬師火口の外輪山をあるくとき

わたくしは地球の華族である

蛋白石の雲は遥にたゝへ

オリオン　金牛　もろもろの星座

澄み切り澄みわたつて

瞬きさへもすくなく

わたくしの額の上にかがやき

　　さうだ　オリオンの右肩から

　　ほんたうに鋼青の壮麗が

　　ふるへて私にやつて来る

三つの提灯は夢の火口原の

白いとこまで降りてゐる

((雪ですか　雪ぢやないでせう))

((달님에게는 검은 부분도 있다))

((고토 마타베에³가 늘 기도하던 곳이지))

반사된 나의 혼잣말에

오다지마 하루에가 말한다

((야마나카 시카노스케⁴ 같은데요))

아무래도 상관없어   걸어가 보자

어느 쪽이 됐든 걷는 건 좋은 일

하현달이 비추는 빛을 받으며

야쿠시 화구 둘레를 걸을 때면

나는 지구의 귀족이 된다

오팔 구름은 아득히 떠가고

오리온자리   황소자리   온갖 별자리

맑디맑은 밤하늘에

더디게 깜박이며

나의 이마 위에서 빛나네

그래   오리온자리 오른 어깨에서

웅장하고 아름다운 강철 같은 푸름이

몸을 떨며 내게로 온다

세 개의 등불이 꿈의 화구원

하얀 부분으로 내려온다

((눈인가요   눈은 아닐 겁니다))

困つたやうに返事してゐるのは

雪でなく　仙人草のくさむらなのだ

さうでなければ高陵土

残りの一つの提灯は

一升のところに停つてゐる

それはきつと河村慶助が

外套の袖にぼんやり手を引つ込めてゐる

((御室の方の火口へでもお入りなさい

噴火口へでも入つてごらんなさい

硫黄のつぶは拾へないでせうが))

斯んなによく声がとゞくのは

メガホーンもしかけてあるのだ

しばらく躊躇してゐるやうだ

　　((先生　中さ入つてもいがべすか))

((えゝ　おはひりなさい　大丈夫です))

提灯が三つ沈んでしまふ

そのでこぼこのまつ黒の線

すこしのかなしさ

けれどもこれはいつたいなんといふいゝことだ

大きな帽子をかぶり

ちぎれた繻子のマントを着て

薬師火口の外輪山の

난처하다는 듯 대답한 것은

눈이 아니라　참으아리 덤불이다

아니면 고령토일지도

하나 남은 등불은

저편을 서성이는데

분명 가와무라 게이스케겠지

멍하니 외투 소매 속으로 손을 움츠린다

((오무로 화구로 들어가 보세요

분화구 안으로 들어가 보세요

유황 알갱이를 주울 수는 없겠지만))

목소리가 이렇게까지 잘 닿는 건

메가폰을 준비했기 때문이다

한동안 주저하더니

　((선생님　안으로 들어가도 될까요))

((그럼요　들어가 보세요　괜찮습니다))

등불 세 개가 잠겨버린다

울퉁불퉁 새까만 선

약간의 슬픔

하지만 이 얼마나 좋은 일인가

커다란 모자를 쓰고

올 풀린 공단 망토를 입고

야쿠시 화구 둘레를

しづかな月明を行くといふのは

この石標は

下向の道と書いてあるにさうゐない

火口のなかから提灯が出て来た

宮沢の声もきこえる

雲の海のはてはだんだん平らになる

それは一つの雲平線をつくるのだ

雲平線をつくるのだといふのは

月のひかりのひだりから

みぎへすばやく擦過した

一つの夜の幻覚だ

いま火口原の中に

一点しろく光るもの

わたくしを呼んでゐる呼んでゐるのか

私は気圏オペラの役者です

鉛筆のさやは光り

速かに指の黒い影はうごき

唇を円くして立つてゐる私は

たしかに気圏オペラの役者です

また月光と火山塊のかげ

向ふの黒い巨きな壁は

조용한 달빛 아래 거닌다는 것은

이 돌에는
내려가는 길이라고 쓰인 게 분명하다
화구 안에서 등불이 나왔다
미야자와의 목소리도 들린다
구름의 바다 끝은 점차 평평해져
망망히 펼쳐진 구름선을 만든다
구름선처럼 보이는 것은
달빛의 왼쪽에서
오른쪽으로 빠르게 스쳐간
하나의 밤의 환각이다
지금 화구원 안에
한 점 희게 빛나는 것
나를 부른다 부르는 것일까
나는 대기권의 오페라 가수입니다
연필두겁은 빛나고
검은 손가락 그림자는 날래게 움직이며
입술을 둥글게 말고 선 나는
분명 대기권의 오페라 가수입니다
또 달빛과 화산 덩어리의 그림자
저기 검고 거대한 벽은

熔岩か集塊岩　力強い肩だ

とにかく夜があけてお鉢廻りのときは

あすこからこつちへ出て来るのだ

なまぬるい風だ

これが気温の逆転だ

　　　（つかれてゐるな

　　　　わたしはやつぱり睡いのだ）

火山弾には黒い影

その妙好の火口丘には

幾条かの軌道のあと

鳥の声！

鳥の声！

海抜六千八百尺の

月明をかける鳥の声

鳥はいよいよしつかりとなき

私はゆつくりと踏み

月はいま二つに見える

やつぱり疲れからの乱視なのだ

かすかに光る火山塊の一つの面

オリオンは幻怪

月のまはりは熟した瑪瑙と葡萄

용암 혹은 집괴암   어깨가 우람하다
아무튼 날이 밝아 화구를 빙 돌아
저쪽에서 이쪽으로 빠져나왔다
바람이 미지근하다
이것이 기온역전이구나
        (피곤하네
          아무래도 너무 졸리다)
화산탄에는 검은 그림자
저 오묘한 화구의 언덕에서
몇 갈래 궤도를 지나는데
새소리!
새소리!
해발 이천 미터에서
달빛을 꿰뚫는 새소리
새소리가 마침내 선명해지고
나는 천천히 발걸음을 옮긴다
지금 달이 두 개로 보인다
피로한 탓인지 눈앞이 흐릿하다

어렴풋이 빛나는 화산 덩어리의 한쪽 면
오리온자리는 괴이하다
달의 주변은 무르익은 마노와 포도

あくびと月光の動転

　　　　（あんまりはねあるぐなぢやい

　　　　　汝ひとりだらいがべあ

　　　　　子供等も連れでて目にあへば

　　　　　汝ひとりであすまないんだぢやい）

火口丘の上には天の川の小さな爆発

みんなのデカンシヨの声も聞える

月のその銀の角のはじが

潰れてすこし円くなる

天の海とオーパルの雲

あたたかい空気は

ふつと撚になつて飛ばされて来る

きつと屈折率も低く

濃い蔗糖溶液に

また水を加へたやうなのだらう

東は淀み

提灯はもとの火口の上に立つ

また口笛を吹いてゐる

わたくしも戻る

わたくしの影を見たのか提灯も戻る

　　　　（その影は鉄いろの背景の

　　　　　ひとりの修羅に見える筈だ）

주체할 수 없는 하품과 달빛

    (너무 그리 쏘다니지 마라

        너 혼자라면 상관없지만

        아이들을 데리고 다니다가 무슨 일이라도 생기면

        너 혼자 다치는 것으로는 끝나지 않을 테니)

화구 언덕 위에는 은하수의 작은 폭발

다 함께 부르는 데칸쇼[5]도 들려온다

달의 은빛 모서리 끝이

깎이어 조금씩 둥글어진다

하늘의 바다와 오팔 구름

따뜻한 공기는

휙 비틀려 날아간다

진한 사탕수수 용액에

물을 탄 것 같은 건

분명 굴절률이 낮아서겠지

동쪽은 탁하고

등불은 원래대로 화구 위에 선다

다시 휘파람을 분다

나도 돌아간다

내 그림자를 봤는지 등불도 돌아간다

    (이 그림자는 쇳빛 배경에 선

        하나의 아수라로 보이리라)

さう考へたのは間違ひらしい
とにかくあくびと影ぼふし
空のあの辺の星は微かな散点
すなはち空の模様がちがつてゐる
そして今度は月が塞まる

그 생각은 틀린 것 같지만

어쨌든 하품과 사람의 그림자

하늘가 별은 희미하게 산재하고

이내 천공의 모양이 달라진다

이번에는 달이 오그라든다

---

1   이와테산의 동쪽 성층화산인 히가시이와테 화산을 둘러싼 여러 외륜산
    가운데 최고봉. 정상에 야쿠시 화구가 있다.
2   이와테산의 서쪽 성층화산. 히가시이와테 화산보다 몇만 년 먼저 생성되
    었으며 규모는 더 크지만 높이는 조금 낮다.
3   오사카 출신의 무장. 전쟁터에서 많은 공훈을 세운 역사 속 영웅.
4   돗토리현(옛 산인 지방) 인근의 무장. 용맹함이 뛰어나 '산인의 기린아'로
    불렸다.
5   메이지 말엽부터 전국에 퍼진 학생 유행가. 데카르트, 칸트, 쇼펜하우어의
    머리글자를 땄다는 설, 데카세기(타향으로 돈을 벌러 간다는 뜻)에서 유
    래했다는 설이 있다.

犬

なぜ吠えるのだ　二疋とも

吠えてこつちへかけてくる

　　（夜明けのひのきは心象のそら）

頭を下げることは犬の常套だ

尾をふることはこはくない

それだのに

なぜさう本気に吠えるのだ

その薄明の二疋の犬

一ぴきは灰色錫

一ぴきの尾は茶の草穂

うしろへまはつてうなつてゐる

わたくしの歩きかたは不正でない

それは犬の中の狼のキメラがこはいのと

もひとつはさしつかへないため

犬は薄明に溶解する

うなりの尖端にはエレキもある

いつもあるくのになぜ吠えるのだ

ちやんと顔を見せてやれ

개

어째서 짖는 걸까   두 마리 다

짖으며 이쪽으로 달려오는군

     (동틀 녘 편백나무는 심상의 하늘)

개는 본래 사람을 따른다

꼬리를 흔드는 건 무섭지 않아

그런데 너희는

왜 그리 저돌적으로 짖어대느냐

어스름한 새벽에 개 두 마리

한 마리는 잿빛

한 마리는 꼬리가 갈색 부들 같구나

뒤로 달려와 으르렁거리는데

내 걸음걸이에 문제는 없다

개의 내면에 있는 이리의 키메라가 무섭긴 하지만

내게 그리 지장을 주는 것은 아니다

개는 사위가 밝아오며 용해한다

으르렁거리는 소리 끝에 전자음도 있다

늘 걷는 길인데 어째서 짖는 게냐

제대로 얼굴을 보여주자

ちやんと顔を見せてやれと

誰かとならんであるきながら

犬が吠えたときに云ひたい

帽子があんまり大きくて

おまけに下を向いてあるいてきたので

吠え出したのだ

제대로 얼굴을 보여주라고

누군가와 나란히 걸어가다가

개가 짖으면 말해줘야지

모자가 너무 큰 데다가

고개를 숙이고 걸은 탓에

짖어댄 거라고

マサニエロ

城のすすきの波の上には
伊太利亜製の空間がある
そこで烏の群が踊る
白雲母のくもの幾きれ
　　　　（濠と橄欖天鵞絨　杉）
ぐみの木かそんなにひかつてゆするもの
七つの銀のすすきの穂
　　（お城の下の桐畑でも　ゆれてゐるゆれてゐる　桐が）
赤い蓼の花もうごく
すゞめ　すゞめ
ゆつくり杉に飛んで稲にはひる
そこはどての陰で気流もないので
そんなにゆつくり飛べるのだ
　　　（なんだか風と悲しさのために胸がつまる）
ひとの名前をなんべんも
風のなかで繰り返してさしつかへないか
　　　（もうみんな鍬や縄をもち
　　　　崖をおりてきていゝころだ）

마사니엘로[1]

성곽의 참억새 물결 위에는
이탈리아 같은 공간이 있다
그곳에는 까마귀 떼가 춤추고 있다
흰돌비늘 같은 구름 조각들
            (호수와 올리브색 벨벳   삼나무)
수유나무일까 저렇게 빛나며 흔들리는 건
일곱 개의 은빛 참억새 이삭
        (성 아래 오동나무 밭에도   흔들흔들   오동나무가)
여뀌의 붉은 꽃도 살랑이고
참새   참새
삼나무에서 천천히 날아올라 벼 사이로
그곳은 그늘져 기류도 없으니
저리 여유롭게 날 수 있는 거겠지
            (어쩐지 바람과 슬픔으로 가슴이 먹먹해)
누군가의 이름을 몇 차례고
바람 속에서 불러도 될까
            (이제 다들 괭이와 밧줄을 들고
             벼랑을 내려와도 괜찮을 때다)

いまは鳥のないしづかなそらに

またからすが横からはひる

屋根は矩形で傾斜白くひかり

こどもがふたりかけて行く

羽織をかざしてかける日本の子供ら

こんどは茶いろの雀どもの抛物線

金属製の桑のこつちを

もひとりこどもがゆつくり行く

蘆の穂は赤い赤い

　　　（ロシヤだよ　チエホフだよ）

はこやなぎ　しつかりゆれろゆれろ

　　　（ロシヤだよ　ロシヤだよ）

鳥がもいちど飛びあがる

稀硫酸の中の亜鉛屑は鳥のむれ

お城の上のそらはこんどは支那のそら

鳥三疋杉をすべり

四疋になつて旋転する

252

지금은 새도 없는 고요한 하늘에

다시금 까마귀가 옆에서 날아든다

경사진 지붕은 하얗게 빛나고

아이 둘이 달려간다

겉옷을 걸치고 달리는 일본의 아이들

이번에는 갈색 참새들의 포물선

금속처럼 번쩍이는 뽕나무 쪽에서

또 다른 아이가 천천히 다가온다

갈대의 이삭은 붉고도 붉다

    (러시아 같아   체호프 같아)

사시나무여   큼직하게 흔들려라

    (러시아 같아   러시아 같아)

까마귀가 또다시 날아오른다

까마귀 떼는 묽은 황산 속 아연 찌꺼기

성곽 위 하늘이 이제는 중국의 하늘

삼나무 타고 내려간 까마귀 세 마리가

네 마리가 되어 뱅글뱅글 돈다

---

1 17세기 이탈리아 나폴리의 어부이자 혁명가로 에스파냐인의 폭압적 지배
에 대항해 민중 봉기를 진두지휘한 토마소 아니엘로의 별명.

栗鼠と色鉛筆

樺の向ふで日はけむる

つめたい露でレールはすべる

靴革の料理のためにレールはすべる

朝のレールを栗鼠は横切る

横切るとしてたちどまる

尾は der Herbst

　日はまつしろにけむりだし

栗鼠は走りだす

　　水そばの苹果緑と石竹

たれか三角やまの草を刈つた

ずゐぶんうまくきれいに刈つた

緑いろのサラアブレツド

　　日は白金をくすぶらし

　　一れつ黒い杉の槍

その早池峰と薬師岳との雲環は

古い壁画のきららから

再生してきて浮きだしたのだ

　　色鉛筆がほしいつて

다람쥐와 색연필

자작나무 너머 햇살이 부윰하다
차가운 이슬로 레일은 미끄럽다
구두 가죽을 요리한 탓에 레일이 미끄럽다
이른 아침 레일 위를 다람쥐가 가로지른다
가로지르는가 싶더니 갑자기 멈춰선다
꼬리는 der Herbst[1]

　　해는 새하얀 안개 속에 잠기고
다람쥐는 달려간다

　　　물가는 청사과색과 엷은 분홍색
누군가 산가쿠산의 풀을 벴다
꽤나 아름답게 잘 베었다
녹색의 종마처럼 보인다

　　　해는 백금을 그을리고
　　　검게 늘어선 창끝 같은 삼나무
저 하야치네산과 야쿠시다케의 구름 고리는
오래된 벽화의 운모에서
다시 살아나 떠오른 것이다
　　　색연필이 갖고 싶다고

ステツドラアのみじかいペンか

ステツドラアのならいいんだが

来月にしてもらひたいな

まあの山と上の雲との模様を見ろ

よく熟してゐてうまいから

독일제 스테들러의 짧은 펜

스테들러 제품은 뭐든 괜찮지만

선물은 다음 달에 줘도 되겠니

우선은 저기 산과 구름의 생김새 좀 봐

멋지게 무르익어 아름다우니

---

1 [독일어] 가을. 다람쥐 꼬리의 색과 형태가 수확기 벼 이삭을 암시한다.

無声慟哭

무성통곡

겐지에게는 두 살 터울의 여동생이 있었습니다. 이름은 미야자와 도시, 작품 속에서는 도시코로 등장합니다. 문학에 조예가 깊어 오빠의 마음을 누구보다 잘 이해해 준 동생이었습니다. 도시는 도쿄로 진학한 뒤로도 오빠와 빈번하게 서신을 교환하며 서로의 고충을 위로했습니다. 대학 졸업반이던 도시가 폐렴에 걸리자 겐지는 급히 도쿄로 와서 간호했고, 도시의 병세가 호전돼 함께 고향으로 돌아옵니다. 모교인 하나마키고등여학교의 선생님이 된 도시는 오빠 겐지가 마을에서 연 《법화경》 독서 모임에 참석해 함께 종교에 관해 열띤 토론을 벌입니다. 그러나 도시는 다시 발병한 결핵 때문에 스물네 살에 죽음에 이릅니다. 도시를 잃고 큰 상실감에 빠진 겐지는 〈영결의 아침〉과 〈무성통곡〉을 비롯해 슬프고도 아름다운 시들을 다수 남겼고, 인간의 죽음이란 무엇인가에 대한 고찰이 담긴 작품들을 써나갔습니다. 여동생 도시의 죽음은 겐지의 작품 전반에 그림자를 드리웁니다.

아울러 여러 시편에 등장하는 인물인 오다지마 구니토모, 사토 덴시로, 기요하라 시게오 등은 모두 하나마키농업학교 1924년 졸업생으로 겐지의 제자들이었습니다.

永訣の朝

けふのうちに

とほくへいつてしまふわたくしのいもうとよ

みぞれがふつておもてはへんにあかるいのだ

　　　（あめゆじゆとてちてけんじや）[1]

うすあかくいつそう陰惨な雲から

みぞれはびちよびちよふつてくる

　　　（あめゆじゆとてちてけんじや）

青い蓴菜のもやうのついた

これらふたつのかけた陶椀に

おまへがたべるあめゆきをとらうとして

わたくしはまがつたてつぱうだまのやうに

このくらいみぞれのなかに飛びだした

　　　（あめゆじゆとてちてけんじや）

蒼鉛いろの暗い雲から

みぞれはびちよびちよ沈んでくる

ああとし子

死ぬといふいまごろになつて

わたくしをいつしやうあかるくするために

262

영결의 아침

오늘 안으로

멀리 떠나버릴 나의 누이여

진눈깨비 내려 바깥은 수상히도 환하구나

       (눈송이 담아 가져다주세요)

불그름하여 더 음산한 구름에서

진눈깨비 푹푹 날리어온다

       (눈송이 담아 가져다주세요)

푸른 순채 무늬 새겨진

이 빠진 사기그릇 두 개를 챙겨

네가 먹을 눈송이를 담으려고

나는 휘도는 총알처럼 빠르게

어두운 눈보라 속으로 달려나갔다

       (눈송이 담아 가져다주세요)

창연[2] 색 감도는 컴컴한 구름에서

진눈깨비 푹푹 잠기어온다

아아 도시코

이제 죽음의 문턱에서

나의 일생을 밝혀주려고

263

こんなさつぱりした雪のひとわんを
おまへはわたくしにたのんだのだ
ありがたうわたくしのけなげないもうとよ
わたくしもまつすぐにすすんでいくから

       （あめゆじゆとてちてけんじや）

はげしいはげしい熱やあへぎのあひだから
おまへはわたくしにたのんだのだ
   銀河や太陽　気圏などとよばれたせかいの
そらからおちた雪のさいごのひとわんを……
……ふたきれのみかげせきざいに
みぞれはさびしくたまつてゐる
わたくしはそのうへにあぶなくたち
雪と水とのまつしろな二相系をたもち
すきとほるつめたい雫にみちた
このつややかな松のえだから
わたくしのやさしいいもうとの
さいごのたべものをもらつていかう
わたしたちがいつしよにそだつてきたあひだ
みなれたちやわんのこの藍のもやうにも
もうけふおまへはわかれてしまふ

（Ora Orade Shitori egumo）

ほんたうにけふおまへはわかれてしまふ

이렇게 산뜻한 눈 한 그릇을

너는 나에게 부탁했구나

고맙다 나의 씩씩한 누이여

나도 올곧게 나아가겠다

　　　　　(눈송이 담아 가져다주세요)

지독히도 끔찍한 고열에 헐떡이며

너는 나에게 부탁했다

　　은하 혹은 태양계　대기권이라 부르는 이 세상의

하늘에서 떨어진 마지막 눈 한 그릇을……

……두 조각 화강암 석재에

진눈깨비 쓸쓸히 쌓이어 있다

나는 그 위에 위태로이 서서

눈과 물의 새하얀 두 계열을 지닌

투명하고 차가운 물방울로 가득한

윤기 나는 이 소나무 가지에서

나의 상냥한 누이가 먹을

최후의 음식을 덜어서 가자

우리가 함께 자라면서 쓴

정든 이 쪽빛 그릇 모양과도

너는 오늘 영영 이별하겠구나

(Ora Orade Shitori egumo)[3]

진정 오늘 너는 떠나고 말리라

あああのとざされた病室の

くらいびやうぶやかやのなかに

やさしくあをじろく燃えてゐる

わたくしのけなげないもうとよ

この雪はどこをえらばうにも

あんまりどこもまつしろなのだ

あんなおそろしいみだれたそらから

このうつくしい雪がきたのだ

　　　　（うまれでくるたて

　　　　　こんどはこたにわりやのごとばかりで

　　　　くるしまなあよにうまれてくる）

おまへがたべるこのふたわんのゆきに

わたくしはいまこころからいのる

どうかこれが天上のアイスクリームになつて

おまへとみんなとに聖い資糧をもたらすやうに

わたくしのすべてのさいはひをかけてねがふ

아아 저 폐쇄된 병실의

어두운 병풍과 모기장 안에서

부드러이 해쓱하니 열에 달뜬

나의 씩씩한 누이여

이 눈은 어디를 골라도

참으로 새하얗다

저리도 사납게 휘몰아치는 하늘에서

이리도 아름다운 눈이 내리는구나

　　　(다시금 사람으로 태어날 때는

　　　　내 걱정 하나에만 사로잡혀 살지 않는

　　　　그런 사람으로 태어나겠어)

네가 먹을 두 그릇 눈에 대고서

나 지금 간절히 기도하나니

부디 이것이 천상의 아이스크림이 되어

너와 모두에게 신성한 양식이 되기를

내가 가진 모든 행복을 걸고 비노라

1　죽은 여동생에게 바치는 시 〈영결의 아침〉, 〈솔바늘〉과 〈무성통곡〉은 괄
　호 안의 말이 모두 시인의 고향 사투리이며 당시 동북 지방은 사투리가
　매우 강해 타 지방 사람들이 이해하기 어려웠기에 겐지는 원문에 표준어
　로 풀어 쓴 주를 달았다.
2　청록빛 납이라는 뜻으로 어둡지만 화려하게 반짝이는 광물질 비스무트를
　가리킨다.
3　나는 나대로 혼자서 간다.

松の針

さつきのみぞれをとつてきた

　あのきれいな松のえだだよ

おお　おまへはまるでとびつくやうに

そのみどりの葉にあつい頬をあてる

そんな植物性の青い針のなかに

はげしく頬を刺させることは

むさぼるやうにさへすることは

どんなにわたくしたちをおどろかすことか

そんなにまでもおまへは林へ行きたかつたのだ

おまへがあんなにねつに燃され

あせやいたみでもだえてゐるとき

わたくしは日のてるとこでたのしくはたらいたり

ほかのひとのことをかんがへながら森をあるいてゐた

　　　((ああいい　さつぱりした

　　　まるで林のながさ来たよだ))

鳥のやうに栗鼠のやうに

おまへは林をしたつてゐた

どんなにわたくしがうらやましかつたらう

솔바늘

아까 진눈깨비 덜어 온
깨끗한 소나무 가지란다
오   너는 달려들 듯 다가와
녹색 잎에 뜨거운 볼을 부빈다
식물성 푸른 바늘에
거칠게 볼이 찔리면서도
탐욕스레 끌어안는 너의 모습이
우리를 얼마나 놀라게 했는지
너는 그리도 숲으로 가고 싶었구나
네가 그토록 고열에 시달리며
땀과 고통에 몸부림칠 때
나는 볕 드는 곳에서 즐겁게 일하고
다른 이를 생각하며 숲속을 걸었구나
        ((아 좋아   상쾌해
         마치 숲속 같아))
새처럼 다람쥐처럼
너는 숲을 그리워했다
얼마나 내가 부러웠을까

ああけふのうちにとほくへさらうとするいもうとよ

ほんたうにおまへはひとりでいかうとするか

わたくしにいつしよに行けとたのんでくれ

泣いてわたくしにさう言つてくれ

　　おまへの頬の　けれども

　　なんといふけふのうつくしさよ

　　わたくしは緑のかやのうへにも

　　この新鮮な松のえだをおかう

　　いまに雫もおちるだらうし

　　そら

　　さはやかな

　　terpentineの匂もするだらう

아아 오늘 안으로 멀리 떠날 나의 누이여

너는 정말로 혼자서 갈 셈이니

나에게 같이 가자 부탁해 다오

울며 내게 그리 말해다오

  너의 뺨은 그러나

  오늘 이토록 아름답구나

  내가 녹색 모기장 위에도

  신선한 솔가지를 올려 둘게

  당장이라도 물방울이 떨어질 것만 같다

  봐

  산뜻한

  terpentine[1] 냄새가 번지고 있어

---

1   [영어] 송진.

無声慟哭

こんなにみんなにみまもられながら

おまへはまだここでくるしまなければならないか

ああ巨きな信のちからからことさらにはなれ

また純粋やちひさな徳性のかずをうしなひ

わたくしが青ぐらい修羅をあるいてゐるとき

おまへはじぶんにさだめられたみちを

ひとりさびしく往かうとするか

信仰を一つにするたつたひとりのみちづれのわたくしが

あかるくつめたい精進のみちからかなしくつかれてゐて

毒草や蛍光菌のくらい野原をただよふとき

おまへはひとりどこへ行かうとするのだ

　　　（おら　おかないふうしてらべ）

何といふあきらめたやうな悲痛なわらひやうをしながら

またわたくしのどんなちひさな表情も

けつして見遁さないやうにしながら

おまへはけなげに母に訊くのだ

　　　（うんにや　ずゐぶん立派だぢやい

　　　　けふはほんとに立派だぢやい）

무성통곡

모두 이렇게 지키고 섰는데

너 아직 여기서 아파하고 있구나

아아 내가 거대한 진실의 힘에서 멀어져

순수와 작은 도덕심들을 잃고

검푸른 수라도를 걷고 있을 때

너는 너에게 주어진 길을

홀로 외로이 가려 하느냐

신앙이 같은 단 하나의 길동무인 내가

밝고 차가운 정진의 길에 슬프고 지쳐

독초와 형광 버섯 자란 어두운 들판을 떠돌 때

너는 홀로 어디로 가려 하느냐

      (내 얼굴　무섭지 않아?)

모든 걸 체념한 듯 비통한 미소를 지으면서도

아무리 작은 나의 표정도

그냥 지나치지 않고

너는 당차게 어머니에게 물었다

      (무슨 소리　아주 예뻐

        오늘 진짜로 예뻐)

ほんたうにさうだ

髪だつていつそうくろいし

まるでこどもの苹果の頬だ

どうかきれいな頬をして

あたらしく天にうまれてくれ

　　　((それでもからだくさえがべ?))

　　　((うんにや　いつかう))

ほんたうにそんなことはない

かへつてここはなつののはらの

ちひさな白い花の匂でいつぱいだから

ただわたくしはそれをいま言へないのだ

　　　（わたくしは修羅をあるいてゐるのだから）

わたくしのかなしさうな眼をしてゐるのは

わたくしのふたつのこころをみつめてゐるためだ

ああそんなに

かなしく眼をそらしてはいけない

정말로 그렇단다

머리칼도 한층 검게 윤이 나고

뺨은 아이처럼 사과 같구나

부디 어여쁜 그 뺨으로

새로이 하늘에서 태어나다오

　　　((안 좋은 냄새도 나지?))

　　　((무슨 소리　전혀))

정말로 아니란다

오히려 이곳은 한여름 들판처럼

희고 작은 꽃들의 향기로 가득한데

다만 지금은 그 말을 할 수 없구나

　　　　　(나는 수라도를 걷고 있으니)

내가 이렇게 슬픈 눈을 하는 것은

나의 두 마음을 응시하는 탓이다

아아 그렇게

슬픈 눈으로 고개를 돌리지 말아다오

風林

  （かしはのなかには鳥の巣がない

   あんまりがさがさ鳴るためだ）

ここは艸があんまり粗く

とほいそらから空気をすひ

おもひきり倒れるにてきしない

そこに水いろによこたはり

一列生徒らがやすんでゐる

  （かげはよると亜鉛とから合成される）

それをうしろに

わたくしはこの草にからだを投げる

月はいましだいに銀のアトムをうしなひ

かしははせなかをくろくかがめる

柳沢の杉はコロイドよりもなつかしく

ばうずの沼森のむかふには

騎兵聯隊の灯も澱んでゐる

((ああおらはあど死んでもい))

((おらも死んでもい))

  （それはしよんぼりたつてゐる宮沢か

바람숲

    (떡갈나무 숲에는 새들의 집이 없다

      버스럭버스럭 잎사귀 소리 때문이다)

이곳은 풀이 너무 거칠어

먼 하늘 공기를 들이마시며

맘껏 쓰러지긴 어렵다

저쪽에 물빛으로 가로누운

학생들이 나란히 쉬고 있다

    (그림자는 밤과 아연을 섞어 만들지)

그것을 뒤로하고

나는 풀밭에 몸을 던진다

달은 점차 은빛 원자를 잃고

떡갈나무는 등을 겁게 구부린다

야나기사와의 삼나무는 콜로이드보다도 그립고

민둥한 누마숲 저편에는

기병대의 등불도 가라앉아 있다

((아아 나는 지금 죽어도 좋아))

((나도 그래))

    (풀 죽어 서 있는 저 학생 미야자와일까

　　　　さうでなければ小田島国友

　　　　　　向ふの柏木立のうしろの闇が

　　　　　　きらきらつといま顫へたのは

　　　　　　Egmont Overture にちがひない

　　　　たれがそんなことを云つたかは

　　　　わたくしはむしろかんがへないでいい）

((伝さん　しやつつ何枚　三枚着たの))

せいの高くひとのいい佐藤伝四郎は

月光の反照のにぶいたそがれのなかに

しやつのぼたんをはめながら

きつと口をまげてわらつてゐる

降つてくるものはよるの微塵や風のかけら

よこに鉛の針になつてながれるものは月光のにぶ

((ほお　おら……))

言ひかけてなぜ堀田はやめるのか

おしまひの声もさびしく反響してゐるし

さういふことはいへばいい

　　　　（言はないなら手帳へ書くのだ）

とし子とし子

野原へ来れば

また風の中に立てば

きつとおまへをおもひだす

278

아니면 오다지마 구니토모

　　　　저기 떡갈나무 숲 뒤편 어둠이

　　　　반짝반짝 가만히 떨리는 걸 보니

　　　　Egmont Overture[1]가 분명해

　　누가 그런 말을 했는지

　　나는 차라리 생각하지 않겠다)

((덴시로　셔츠 몇 장이야　세 장이나 입었어))

키 크고 사람 좋은 사토 덴시로는

달빛에 반사된 둔탁한 황혼 속에

셔츠 단추를 끼우며

분명 빙긋이 웃고 있으리라

밤의 먼지와 바람의 파편이 흩날린다

옆으로 진회색 달빛이 납 바늘처럼 흐른다

((있지　나⋯⋯))

호리타는 말을 꺼내놓고 왜 주저하는지

말끝도 쓸쓸히 떨리고 있네

내뱉고 나면 괜찮을 텐데

　　　(말로 할 수 없을 때는 편지를 써)

도시코 도시코

들판에 서서

바람을 맞으면

언제나 네가 떠올라

おまへはその巨きな木星のうへに居るのか

鋼青壮麗のそらのむかふ

　　　（ああけれどもそのどこかも知れない空間で

　　　　光の紐やオーケストラがほんたうにあるのか

　　　　…………此処あ日あ永あがくて

　　　　　　　一日のうちの何時だがもわがらないで……

　　　　ただひときれのおまへからの通信が

　　　　いつか汽車のなかでわたくしにとどいただけだ）

とし子　わたくしは高く呼んでみようか

　　　（（手凍えだ））

　　　（（手凍えだ？

　　　　俊夫ゆぐ凍えるな

　　　　こなひだもボダンおれさ掛げらせだぢやい））

俊夫といふのはどつちだらう　川村だらうか

あの青ざめた喜劇の天才「植物医師」の一役者

わたくしははね起きなければならない

　　　（（おゝ　俊夫てどつちの俊夫））

　　　（（川村））

やつぱりさうだ

月光は柏のむれをうきたたせ

かしははいちめんさらさらと鳴る

너는 저 거대한 목성에 살고 있을까

강철 푸른빛 장려한 하늘 저편

    (아아 하지만 어딘지도 모를 그 공간에

      정말로 한 줄기 빛과 오케스트라가 있을까

      ………이곳은 태양과 너무 멀리 떨어져서

         지금이 몇 시인지도 알 수 없어……

    다만 네가 보낸 쪽지 한 장이

    기차 안의 나에게 닿았을 뿐이다)

도시코　널 크게 한번 불러볼까

    ((손 시려))

    ((손 시려?

    도시오 군은 추위를 잘 타는구나

    지난번에도 내가 단추를 채워줬잖니))

도시오라면 누굴 말하는 거지　가와무라인가

파리한 얼굴을 한 희극 천재 〈식물 의사〉의 배우

나는 벌떡 일어났다

    ((잠깐　도시오 너 어느 집 아이지?))

    ((가와무라))

역시 그랬구나

달빛은 떡갈나무 무리를 떠오르게 하고

떡갈나무 숲은 온통 버스럭버스럭 소리로 가득하다

1　베토벤의 〈에그몬트 서곡〉.

白い鳥

((みんなサラーブレツドだ

あゝいふ馬　誰行つても押へるにいがべが))

((よつぽどなれたひとでないと))

古風なくらかけやまのした

おきなぐさの冠毛がそよぎ

鮮かな青い樺の木のしたに

何匹かあつまる茶いろの馬

じつにすてきに光つてゐる

　　　　(日本絵巻のそらの群青や

　　　　　天末の turquois はめづらしくないが

　　　　　あんな大きな心相の

　　　　　光の環は風景の中にすくない)

二疋の大きな白い鳥が

鋭くかなしく啼きかはしながら

しめつた朝の日光を飛んでゐる

それはわたくしのいもうとだ

死んだわたくしのいもうとだ

兄が来たのであんなにかなしく啼いてゐる

흰 새

((모두 명마로군

저런 말의 고삐를   누가 잡을 수 있을까))

((아주 능숙한 사람이어야겠지))

고풍스러운 구라카케산 아래

할미꽃 갓털이 살랑거리고

파릇파릇한 자작나무 아래로

갈색 말 몇 마리가 모여든다

대단히 아름답게 빛나고 있다

(족자 그림 속 천공의 군청이나

하늘가 turquois[1]는 드물지 않지만

저토록 거대한 심상

빛의 고리는 드문 풍경이다)

크고 하얀 새 두 마리가

날카로이 구슬프게 같이 울어대며

촉촉한 아침 햇살 속을 난다

저건 나의 누이다

죽은 나의 누이다

오라비가 왔다고 저리도 구슬피 울고 있구나

　　　　（それは一応はまちがひだけれども

　　　　　まつたくまちがひとは言はれない）

あんなにかなしく啼きながら

朝のひかりをとんでゐる

　　　　（あさの日光ではなくて

　　　　　熟してつかれたひるすぎらしい）

けれどもそれも夜どほしあるいてきたための

vague な銀の錯覚なので

　　　　（ちやんと今朝あのひしげて融けた金の液体が

　　　　　青い夢の北上山地からのぼつたのをわたくしは

　　　　　見た）

どうしてそれらの鳥は二羽

そんなにかなしくきこえるか

それはじぶんにすくふちからをうしなつたとき

わたくしのいもうとをもうしなつた

そのかなしみによるのだが

　　　　　（ゆふべは柏ばやしの月あかりのなか

　　　　　　けさはすずらんの花のむらがりのなかで

　　　　　　なんべんわたくしはその名を呼び

　　　　　　またたれともわからない声が

　　　　　　人のない野原のはてからこたへてきて

　　　　　　わたくしを嘲笑したことか）

　　　　(이건 일단 진실이 아니지만

　　　　전혀 아니라고 할 수도 없다)

저리도 구슬피 울며

아침 햇살 속을 날고 있구나

　　　　(아침 햇살이라기보다는

　　　　무르고 진 빠진 이른 오후)

하지만 이것도 지난밤 내내 걸어온 탓에 생긴

vague^{2}한 은빛 착각이겠지

　　　　(기운 없이 녹아내린 오늘 아침 금빛 액체가

　　　　푸른 꿈처럼 기타카미 산지에서 솟구치는 것을

　　　　나는 보았다)

어째서 저기 저 두 마리 새는

저리도 구슬프게 우는 것일까

나를 구원할 힘을 잃었을 때

나의 누이도 함께 잃었다

그 슬픔 때문에

　　　　(어젯밤에는 떡갈나무 숲 달빛 속에서

　　　　오늘 아침에는 은방울꽃 무리 속에서

　　　　몇 번이나 나는 그 이름을 불렀던가

　　　　또 인적 없는 들판 끝에서 들려온

　　　　누구인지도 알 수 없는 목소리가

　　　　얼마나 나를 비웃었던가)

そのかなしみによるのだが

またほんたうにあの声もかなしいのだ

いま鳥は二羽　かゞやいて白くひるがへり

むかふの湿地　青い蘆のなかに降りる

降りようとしてまたのぼる

　　　　（日本武尊の新らしい御陵の前に

　　　　おきさきたちがうちふして嘆き

　　　　そこからたまたま千鳥が飛べば

　　　　それを尊のみたまとおもひ

　　　　蘆に足をも傷つけながら

　　　　海べをしたつて行かれたのだ）

清原がわらつて立つてゐる

　　　（日に灼けて光つてゐるほんたうの農村のこども

　　　その菩薩ふうのあたまの容はガンダーラから来た）

水が光る　きれいな銀の水だ

　　（（さああすこに水があるよ

　　口をすゝいでさつぱりして往かう

　　こんなきれいな野はらだから））

그 슬픔 때문에

정말이지 저 소리도 슬프게 들린다

두 마리 새   반짝이며 하얗게 팔랑대다가

습지 저 너머   푸른 갈대 속으로 떨어진다

떨어지다 다시 날아오른다

　　　(야마토타케루[3]의 새 왕릉 앞에

　　　왕후들이 엎드려 한탄을 하고

　　　거기서 어쩌다 물떼새가 날면

　　　그것을 왕의 영혼이라 여기고

　　　갈대로 인해 발에 상처까지 입으며

　　　해변을 따라 걸어갔던 게다)

기요하라 군이 웃으며 서 있다

　　　(햇볕에 그을린 채 빛나는 진짜 농촌 아이

　　　보살 같은 머리 모양은 간다라에서 왔다)

물이 빛난다   아름다운 은빛 물이다

　　((자 저쪽에 물이 있어요

　　입을 헹구고 상쾌하게 갑시다

　　이렇게 아름다운 들판에 왔으니))

1　[영어] 터키석.
2　[영어] 어렴풋하다, 모호하다.
3　동북 지방 원주민을 정벌하고 죽은 후 흰 새가 되었다는 전설 속 인물.

オホーツク挽歌

오호츠크 만가

오호츠크해는 홋카이도 북동쪽과 사할린, 시베리아에 둘러싸인 바다입니다. 겐지는 여동생 도시코 잃은 슬픔에서 헤어나지 못하고 반년 넘게 펜을 놓고 있었습니다. 이듬해 여름, 겐지는 하나마키 마을을 출발해 아오모리와 홋카이도를 지나 오호츠크해를 건너 당시 일본 영토였던 사할린으로 여행을 떠납니다. 1923년 7월 31일부터 8월 12일까지 열차와 선박을 갈아타고 여행했으며, 〈아오모리 만가〉는 8월 1일, 〈오호츠크 만가〉와 〈사할린 철도〉는 8월 4일, 〈스즈야 평원〉은 8월 7일, 〈분화만(녹턴)〉은 8월 11일에 완성했습니다. 모두 길 위에서 태어난 시들이지요.

여행의 표면적인 목적은 사할린 제지 회사에 제자의 취업을 부탁하기 위해서였는데 단지 그 이유만은 아니었을 것입니다. 긴 여행길에서 밤바다를 가르고 지평선 너머까지 이어진 기찻길을 달리고 별자리와 우주의 운행을 바라보며, 시인은 무슨 생각을 했을까요. 뜻하지 않게 찾아온 소중한 사람의 죽음 이후, 미지의 땅인 머나먼 북쪽 끝으로의 여행이 필요했던 것은 아닐까요. 그 누구도 진상을 알지 못하는 '죽음'이라는 미지의 세계에 대한 궁금증과 갈증이 그를 무작정 북쪽으로 향하게 만든 것일지도 모릅니다.

青森挽歌

こんなやみよののはらのなかをゆくときは
客車のまどはみんな水族館の窓になる

　　　　（乾いたでんしんばしらの列が

　　　　せはしく遷つてゐるらしい

　　　　きしやは銀河系の玲瓏レンズ

　　　　巨きな水素のりんごのなかをかけてゐる）

りんごのなかをはしつてゐる

けれどもここはいつたいどこの停車場だ

枕木を焼いてこさへた柵が立ち

　　　　（八月の　よるのしじまの　寒天凝膠）

支手のあるいちれつの柱は

なつかしい陰影だけでできてゐる

黄いろなラムプがふたつ点き

せいたかくあをじろい駅長の

真鍮棒もみえなければ

じつは駅長のかげもないのだ

　　　　（その大学の昆虫学の助手は

　　　　こんな車室いつぱいの液体のなかで

아오모리 만가

이렇게 깜깜한 밤 들판을 걷노라면
객차의 창문은 수족관 유리가 된다
      (메마른 전봇대의 행렬이
        재빠르게 지나가면
        기차는 은하계의 영롱한 렌즈
        거대한 수소 사과 속을 달린다)
사과 속을 달린다
하지만 이 정거장은 도대체 어디인가
침목을 태워 만든 울타리가 있고
      (8월의   고요한 밤은   젤리)
철길을 따라 난 일련의 기둥은
애틋한 음영만으로 이루어져 있다
노란 램프 두 개가 켜지고
키 크고 해쓱한 역장의
놋쇠 봉도 보이지 않고
실은 역장의 그림자조차 없다
      (어느 대학 곤충학과 조수는
        객실 안 가득한 액체 속에서

　　　　　　油のない赤髪をもじやもじやして

　　　　　かばんにもたれて睡つてゐる）

わたくしの汽車は北へ走つてゐるはずなのに

ここではみなみへかけてゐる

焼杭の柵はあちこち倒れ

はるかに黄いろの地平線

それはビーアの澱をよどませ

あやしいよるの　陽炎と

さびしい心意の明滅にまぎれ

水いろ川の水いろ駅

　　　（おそろしいあの水いろの空虚なのだ）

汽車の逆行は希求の同時な相反性

こんなさびしい幻想から

わたくしははやく浮びあがらなければならない

そこらは青い孔雀のはねでいつぱい

真鍮の睡さうな脂肪酸にみち

車室の五つの電燈は

いよいよつめたく液化され

　　　（考へださなければならないことを

　　　　わたくしはいたみやつかれから

　　　　なるべくおもひださうとしない）

今日のひるすぎなら

윤기 없는 붉은 머리를 텁수룩하게 기르고
가방에 기대어 잠들어 있다)
내가 탄 기차는 북쪽으로 가야 하는데
지금은 남쪽으로 달리고 있다
여기저기 쓰러진 불 탄 말뚝 울타리
아득히 먼 곳 노란 지평선
맥주 앙금이 가라앉은 듯
수상한 밤의　화염과
쓸쓸한 마음의 명멸을 헤치고
다다른 곳은 물빛 강의 물빛 역
　　　(무시무시한 물빛의 공허로구나)
기차의 역행은 희망의 동시적 상반성
이렇게 쓸쓸한 환상에서
나는 어서 깨어나야만 한다
이 근방은 푸른 공작새의 깃털이 한가득
놋쇠 장식이 졸린 듯한 지방산으로 차고
객실 전등 다섯 개가
이윽고 차디차게 액화하니
　　　(생각할 것이 있지만
　　　　아프고 고단하여 되도록
　　　　끄집어내지 않으련다)
오늘 오후부터 우리는

けはしく光る雲のしたで

まつたくおれたちはあの重い赤いポムプを

ばかのやうに引つぱつたりついたりした

おれはその黄いろな服を着た隊長だ

だから睡いのはしかたない

　　　　　（おゝおまへ　せはしいみちづれよ

　　　　　　どうかここから急いで去らないでくれ

　　　　　（（尋常一年生　ドイツの尋常一年生））

　　　　　　いきなりそんな悪い叫びを

　　　　　　投げつけるのはいつたいたれだ

　　　　　　けれども尋常一年生だ

　　　　　　夜中を過ぎたいまごろに

　　　　　　こんなにぱつちり眼をあくのは

　　　　　　ドイツの尋常一年生だ）

あいつはこんなさびしい停車場を

たつたひとりで通つていつたらうか

どこへ行くともわからないその方向を

どの種類の世界へはひるともしれないそのみちを

たつたひとりでさびしくあるいて行つたらうか

　　　　（草や沼やです

　　　　　一本の木もです）

　　　　（（ギルちやんまつさをになつてすわつてゐたよ））

위태로이 빛나는 구름 아래서
무겁고 붉은 저 등유 펌프를
바보처럼 당겼다 밀었다 했다
나는 노란 옷을 입은 대장
그러니 졸린 건 어쩔 수 없다

    (어이 이보게　바쁜 길동무여

    부디 서둘러 여길 떠나지 말아줘

    ((초등학생이네　독일의 초등학생))

    누가 그렇게 짓궂은 소리를

    내게 해대는 거지

    하기는 초등학생이다

    한밤중을 넘긴 이 시각

    이렇게 퍼뜩 눈을 뜰 수 있는 건

    독일의 초등학생이다)

누이는 이렇게 쓸쓸한 정거장을
외로이 홀로 지나간 것일까
어디로 가는지도 알 수 없는 그 방향으로
어느 세계로 들어가는지도 알 수 없는 그 길을
홀로 쓸쓸히 걸어간 것일까

    (풀과 늪입니다

    나무도 한 그루 있습니다)

    ((길다는 새파랗게 질려 앉아 있었지))

((こおんなにして眼は大きくあいてたけど
ぼくたちのことはまるでみえないやうだつたよ))

((ナーガラがね　眼をじつとこんなに赤くして
だんだん環をちひさくしたよ　こんなに))

((し　環をお切り　そら　手を出して))

((ギルちやん青くてすきとほるやうだつたよ))

((鳥がね　たくさんたねまきのときのやうに
ばあつと空を通つたの
でもギルちやんだまつてゐたよ))

((お日さまあんまり変に飴いろだつたわねえ))

((ギルちやんちつともぼくたちのことみないんだもの
ぼくほんたうにつらかつた))

((さつきおもだかのとこであんまりはしやいでたねえ))

((どうしてギルちやんぼくたちのことみなかつたらう
忘れたらうかあんなにいつしよにあそんだのに))

かんがへださなければならないことは
どうしてもかんがへださなければならない
とし子はみんなが死ぬとなづける
そのやりかたを通つて行き
それからさきどこへ行つたかわからない
それはおれたちの空間の方向ではかられない
感ぜられない方向を感じようとするときは

((눈을 크게 뜨고 있었지만

  우리가 전혀 안 보이는 듯했어))

((뱀[1]이 말이야   빨간 눈을 가만히 뜨고

  점점 몸을 둥글게 조였지   이렇게))

((어서   빠져나와   자   내 손을 잡아))

((길다의 몸은 파랗고 투명했어))

((새가 말이야   씨 뿌리는 계절처럼

  휙 하늘을 가로질렀지

  하지만 길다는 말이 없었어))

((태양은 이상한 적갈색이었잖아))

((길다가 우리를 아예 안 쳐다봐서

  나 정말 괴로웠어))

((아까 벚풀 속에서는 신나게 재잘거렸는데))

((길다는 어째서 우리를 보지 않았을까

  함께 즐겁게 놀던 날들을 잊어버린 걸까))

생각해야만 하는 것은

시간이 지나도 생각해야만 한다

도시코는 언젠가 모두 죽는다 했지

그 길을 갔지만

그 후 어디로 갔는지 알지 못한다

우리가 사는 공간에서는 방향을 알 수 없다

알 수 없는 방향을 알고자 할 때는

たれだつてみんなぐるぐるする

　　((耳ごうど鳴つてさつぱり聞けなぐなつたんちやい))

さう甘えるやうに言つてから

たしかにあいつはじぶんのまはりの

眼にははつきりみえてゐる

なつかしいひとたちの声をきかなかつた

にはかに呼吸がとまり脈がうたなくなり

それからわたくしがはしつて行つたとき

あのきれいな眼が

なにかを索めるやうに空しくうごいてゐた

それはもうわたくしたちの空間を二度と見なかつた

それからあとであいつはなにを感じたらう

それはまだおれたちの世界の幻視をみ

おれたちのせかいの幻聴をきいたらう

わたくしがその耳もとで

遠いところから声をとつてきて

そらや愛やりんごや風　すべての勢力のたのしい根源

万象同帰のそのいみじい生物の名を

ちからいつぱいちからいつぱい叫んだとき

あいつは二へんうなづくやうに息をした

白い尖つたあごや頬がゆすれて

ちひさいときよくおどけたときにしたやうな

누구든 빙빙 돌기 마련이니

    ((귀가 윙 울리더니 아무것도 안 들려))

누이는 어리광 부리듯 말하면서

눈으로는 주변에 모인 사람들을

또렷이 응시했다

그리운 사람들의 음성을 듣지 못했다

돌연 호흡이 멎고 맥이 뛰지 않았다

내가 달려갔을 때

그 예쁜 눈이

무언가 찾는 듯 덧없이 움직였다

이미 우리가 있는 공간을 보고 있지 않았다

그런 다음 누이는 무엇을 느꼈을까

여전히 우리 세계의 환시를 보고

우리 세계의 환청을 들었겠지

내가 누이의 귓가로

먼 곳에서부터 목소리를 가져와

하늘과 사랑과 사과와 바람   모든 세력의 즐거운 근원

만상동귀의 저 대단한 생물의 이름²을

있는 힘껏 외쳤을 때

누이는 끄덕이듯 두 번 숨을 쉬었다

희고 뾰족한 턱과 볼을 흔들며

어린 시절 장난칠 때 그랬던 것처럼

あんな偶然な顔つきにみえた

けれどもたしかにうなづいた

　　　　((ヘッケル博士！

　　　　　わたくしがそのありがたい証明の

　　　　　任にあたつてもよろしうございます))

　　仮睡硅酸の雲のなかから

凍らすやうなあんな卑怯な叫び声は……

　　　（宗谷海峡を越える晩は

　　　　わたくしは夜どほし甲板に立ち

　　　　あたまは具へなく陰湿の霧をかぶり

　　　　からだはけがれたねがひにみたし

　　　　そしてわたくしはほんたうに挑戦しよう）

たしかにあのときはうなづいたのだ

そしてあんなにつぎのあさまで

胸がほとつてゐたくらゐだから

わたくしたちが死んだといつて泣いたあと

とし子はまだまだこの世かいのからだを感じ

ねつやいたみをはなれたほのかなねむりのなかで

ここでみるやうなゆめをみてゐたかもしれない

そしてわたくしはそれらのしづかな夢幻が

つぎのせかいへつゞくため

明るいいゝ匂のするものだつたことを

우연한 표정처럼 보였다
하지만 분명히 끄덕였다
      ((헤켈 박사!
          제가 그 진귀한 증명을
          밝혀내도 되겠지요))[3]
  가수면 상태의 구름 속에서
온몸이 얼어붙을 듯한 비겁한 외침이……
    (소야해협을 건너는 밤
      나는 밤새도록 갑판에 서서
      머리 위로 음습한 안개를 덮어쓰고
      몸은 지저분한 기대감에 꽉 차
      아주 진지하게 도전장을 내민다)
그때 분명 도시코는 고개를 끄덕였다
그리고 다음 날 아침까지 그토록
가슴이 따뜻했으니
우리는 그 아이가 죽었다고 엉엉 울었지만
도시코는 여전히 몸으로 세상을 느끼며
고열과 고통에서 벗어난 어렴풋한 졸음 속에
이곳에서 꾸던 꿈을 꾸었는지도 모른다
이처럼 조용한 꿈과 환상이
다음 세계로 이어지므로
여기서 밝고 좋은 냄새가 나기를

どんなにねがふかわからない

ほんたうにその夢の中のひとくさりは

かん護とかなしみにつかれて睡つてゐた

おしげ子たちのあけがたのなかに

ぼんやりとしてはひつてきた

((黄いろな花こ　おらもとるべがな))

たしかにとし子はあのあけがたは

まだこの世かいのゆめのなかにゐて

落葉の風につみかさねられた

野はらをひとりあるきながら

ほかのひとのことのやうにつぶやいてゐたのだ

そしてそのままさびしい林のなかの

いつぴきの鳥になつただらうか

i'estudiantina を風にききながら

水のながれる暗いはやしのなかを

かなしくうたつて飛んで行つたらうか

やがてはそこに小さなプロペラのやうに

音をたてて飛んできたあたらしいともだちと

無心のとりのうたをうたひながら

たよりなくさまよつて行つたらうか

　　　　　わたくしはどうしてもさう思はない

なぜ通信が許されないのか

나는 얼마나 빌었는지 모른다

정말로 그 꿈의 한 토막은

간호와 슬픔에 지쳐 잠든

다른 동생들에게도

동틀 녘 어렴풋이 숨어들었다

((노란 꽃   나도 꺾어볼까))

분명 도시코는 그날 새벽

여전히 이 세상 꿈속에서

낙엽의 바람에 포개어 있었다

홀로 들판을 걸으며

다른 사람처럼 중얼거렸다

그리고 그대로 외로운 숲속

한 마리 새가 되었던 것일까

i'estudiantina[4]를 바람결에 들으며

물이 흐르는 어두운 숲속을

구슬피 노래하며 날아갔을까

이윽고 그곳에 작은 프로펠러 같은

소리를 내며 날아온 낯선 친구와

무심히 새의 노래를 부르며

의지할 데 없이 방황하다 떠나갔을까

        아무래도 그건 아닌 것 같다

어째서 우리가 소통할 수 없다는 것인가

許されてゐる　そして私のうけとつた通信は

母が夏のかん病のよるにゆめみたとおなじだ

どうしてわたくしはさうなのをさうと思はないのだらう

それらひとのせかいのゆめはうすれ

あかつきの薔薇いろをそらにかんじ

あたらしくさはやかな感官をかんじ

日光のなかのけむりのやうな羅をかんじ

かがやいてほのかにわらひながら

はなやかな雲やつめたいにほひのあひだを

交錯するひかりの棒を過ぎり

われらが上方とよぶその不可思議な方角へ

それがそのやうであることにおどろきながら

大循環の風よりもさはやかにのぼつて行つた

わたくしはその跡をさへたづねることができる

そこに碧い寂かな湖水の面をのぞみ

あまりにもそのたひらかさとかがやきと

未知な全反射の方法と

さめざめとひかりゆすれる樹の列を

ただしくうつすことをあやしみ

やがてはそれがおのづから研かれた

天の瑠璃の地面と知つてこゝろわななき

紐になつてながれるそらの楽音

할 수 있다   내가 받은 소식은

도시코를 돌보던 어머니의 여름밤 꿈과 같다

어째서 나는 있는 그대로를 받아들이지 못할까

인간 세계의 꿈은 옅어지고

새벽녘 장밋빛 하늘을 느끼고

새롭고 산뜻한 감각을 느끼고

햇살 속 연기 같은 얇은 옷감을 느끼며

반짝반짝 어렴풋이 미소 지으며

화사한 구름과 찬 냄새 사이로

얼기설키 얽힌 빛줄기를 지나

그곳이 그러하다는 데 깜짝 놀라며

우리가 천상이라 부르는 불가사의한 방향으로

대순환의 바람보다 산뜻하게 올라갔다

나는 그 흔적까지 찾아낼 수 있다

그곳의 푸르고 고요한 호수를 들여다보며

지극한 평온함과 반짝임과

미지의 전반사와

하염없이 빛나며 흔들리는 나무의 행렬이

그대로 비치는 것을 수상히 여기자

이윽고 수면이 저절로 빛났다

천상의 유리 지면임을 깨닫자 마음이 부르르 떨리고

리본처럼 흐르는 하늘의 음악

また瓔珞やあやしいうすものをつけ

移らずしかもしづかにゆききする

巨きなすあしの生物たち

遠いほのかな記憶のなかの花のかをり

それらのなかにしづかに立つたらうか

それともおれたちの声を聴かないのち

暗紅色の深くもわるいがらん洞と

意識ある蛋白質の砕けるときにあげる声

亜硫酸や笑気のにほひ

これらをそこに見るならば

あいつはその中にまつ青になつて立ち

立つてゐるともよろめいてゐるともわからず

頬に手をあててゆめそのもののやうに立ち

(わたくしがいまごろこんなものを感ずることが

いつたいほんたうのことだらうか

わたくしといふものがこんなものをみることが

いつたいありうることだらうか

そしてほんたうにみてゐるのだ)と

斯ういつてひとりなげくかもしれない……

わたくしのこんなさびしい考は

みんなよるのためにできるのだ

夜があけて海岸へかかるなら

구슬을 꿴 장신구와 기묘하게 얇은 옷을 두르고

조금도 동요 없이 조용히 오간다

거대한 맨발의 생물들

멀리 은은한 기억 속 꽃향기

너는 그 안에 고요히 서 있었니

아니면 우리의 소리를 듣지 못하고

깊고도 험준한 검붉은 구멍에서

의식 있는 단백질이 부서지는 소리

아황산과 아산화질소 냄새

이것들을 거기서 본다면

누이는 그 안에서 새파랗게 질려

똑바로 섰는지 비틀대는지도 알지 못한 채

볼에 손을 대고 꿈처럼 서서

(내가 여기서 갖는 이 느낌이

과연 진짜일까

나라는 존재가 이런 것을 보는 게

과연 가능한 일일까

그러면서 정말로 보고 있구나) 하고

홀로 탄식했을지도 모른다……

내가 이렇게 쓸쓸히 생각하는 것은

전적으로 지금이 밤이라서다

날이 밝아 해안가에 닿는다면

そして波がきらきら光るなら

なにもかもみんないいかもしれない

けれどもとし子の死んだことならば

いまわたくしがそれを夢でないと考へて

あたらしくぎくつとしなければならないほどの

あんまりひどいげんじつなのだ

感ずることのあまり新鮮にすぎるとき

それをがいねん化することは

きちがひにならないための

生物体の一つの自衛作用だけれども

いつでもまもつてばかりゐてはいけない

ほんたうにあいつはここの感官をうしなつたのち

あらたにどんなからだを得

どんな感官をかんじただらう

なんべんこれをかんがへたことか

むかしからの多数の実験から

倶舎がさつきのやうに云ふのだ

二度とこれをくり返してはいけない

おもては軟玉と銀のモナド

半月の噴いた瓦斯でいつぱいだ

巻積雲のはらわたまで

月のあかりはしみわたり

그리하여 파도가 반짝반짝 빛난다면

다 괜찮아질지도 모른다

하지만 도시코가 죽었다는 사실만은

꿈이 아니라고 생각하면

지독히도 가혹한 현실에

새삼 가슴이 털썩 내려앉는다

무언가를 느끼는 게 끔찍이도 낯설 때

그것을 개념화하는 일은

미치광이가 되지 않으려는

생물체가 갖는 일종의 자위본능일 터이나

하염없이 지킬 수만은 없는 일

정말로 누이는 이 세계의 감각을 상실한 후

어떤 몸을 새로 얻고

어떤 감각을 느꼈을까

이런 생각을 몇 번이나 했는지 모른다

오래전부터 해온 수많은 실험이

구사론[5]에 쓰여 있다

두 번 다시 이를 반복해서는 안 된다

표면은 옥과 은의 모나드

반달이 내뿜는 가스로 가득하다

권적운의 창자에까지

달빛이 스며든다

それはあやしい蛍光板になつて

いよいよあやしい苹果の匂を発散し

なめらかにつめたい窓硝子さへ越えてくる

青森だからといふのではなく

大てい月がこんなやうな暁ちかく

巻積雲にはひるとき……

　　　　　((おいおい　あの顔いろは少し青かつたよ))

だまつてゐろ

おれのいもうとの死顔が

まつ青だらうが黒からうが

きさまにどう斯う云はれるか

あいつはどこへ堕ちようと

もう無上道に属してゐる

力にみちてそこを進むものは

どの空間にでも勇んでとびこんで行くのだ

ぢきもう東の鋼もひかる

ほんたうにけふの……きのふのひるまなら

おれたちはあの重い赤いポムプを……

　　　　　((もひとつきかせてあげよう

　　　　　ね　じつさいね

　　　　　あのときの眼は白かつたよ

　　　　　すぐ瞑りかねてゐたよ))

그것은 수상한 형광판이 되어

곧 기이한 사과 향을 풍기며

차가운 유리창을 부드럽게 넘어온다

아오모리라서 그런 것이 아니라

보통 달이 지금 같은 새벽 무렵

권적운 속으로 들어갈 때……

    ((어이　그 아이 얼굴색이 좀 파랗더군))

입 다물어라

내 누이 죽은 얼굴이

시퍼렇든 시꺼멓든

네놈과 무슨 상관이냐

누이는 어디로 가든

이미 무상도[6]에 다다랐다

힘차게 그곳으로 나아가는 자는

어느 공간으로든 용감하게 뛰어들기 마련이다

이제 곧 동쪽의 강철도 빛나리라

정말로 오늘…… 어제 오후부터 우리는

저 무겁고 붉은 등유 펌프를……

    ((한 가지 더 말해줄게

     있잖아　사실은 말이야

     그때는 눈앞이 하얬어

     금세 눈을 감았지))

まだいつてゐるのか

もうぢきよるはあけるのに

すべてあるがごとくにあり

かゞやくごとくにかがやくもの

おまへの武器やあらゆるものは

おまへにくらくおそろしく

まことはたのしくあかるいのだ

　　　　　((みんなむかしからのきやうだいなのだから

　　　　　けつしてひとりをいのつてはいけない))

ああ　わたくしはけつしてさうしませんでした

あいつがなくなつてからあとのよるひる

わたくしはただの一どたりと

あいつだけがいいとこに行けばいいと

さういのりはしなかつたとおもひます

아직도 그 소리구나

이제 곧 날이 밝을 텐데

모든 것이 있는 듯 있고

빛나는 듯 빛나는 법

너의 무기와 그 모든 것은

너에게 어둡고 무섭고

사실은 즐겁고 환하다

      ((모두 오래전부터 한 형제였으니

         한 사람만을 위해 기도해서는 안 돼))

아아　나는 결코 그리하지 않았습니다

누이가 죽은 뒤 기나긴 밤낮

나는 단 한순간도

누이만 좋은 곳으로 가게 해달라고

그렇게 빌지는 않았습니다

1　원문의 나가라는 여동생 도시코의 화신인 길다를 잡아먹으려하는 뱀의
　　이름. 산스크리트어로 거대한 뱀 귀신을 뜻한다.
2　겐지가 몰두했던 경전인 《묘법연화경》을 생물체에 빗댄 표현.
3　독일의 생물학자 에른스트 헤켈은 사후 영혼과 인간의 교신이 비과학적
　　이라며 부정한 바 있다. 헤켈이 니체와 함께 저술한 《세계의 수수께끼》
　　원서는 겐지의 장서였다.
4　프랑스 작곡가 에밀 발퇴펠의 〈학생 왈츠〉. 본래 곡명은 'Estudiantina'이
　　나 겐지가 왜 앞머리에 'i'를 붙였는지는 불명확하다.
5　인도의 불교사상가 세친이 저술한 《아비달마구사론》.
6　불교에서 말하는 '더할 나위 없이 훌륭한 깨달음의 경지'.

オホーツク挽歌

海面は朝の炭酸のためにすつかり錆びた

緑青のとこもあれば藍銅鉱のとこもある

むかふの波のちゞれたあたりはずゐぶんひどい瑠璃液だ

チモシイの穂がこんなにみじかくなつて

かはるがはるかぜにふかれてゐる

　　　　（それは青いいろのピアノの鍵で

　　　　　かはるがはる風に押されてゐる）

あるいはみじかい変種だらう

しづくのなかに朝顔が咲いてゐる

モーニンググローリのそのグローリ

　　　　いまさつきの曠原風の荷馬車がくる

　　　　年老つた白い重挽馬は首を垂れ

　　　　またこの男のひとのよさは

　　　　わたくしがさつきあのがらんとした町かどで

　　　　浜のいちばん賑やかなとこはどこですかときいた時

　　　　そつちだらう　向ふには行つたことがないからと

　　　　さう云つたことでもよくわかる

　　　　いまわたくしを親切なよこ目でみて

오호츠크 만가

해수면은 아침의 탄산 탓에 온통 녹슬었다
푸릇하게 녹슨 구리인가 하면 남동석처럼 선연히 파랗고
저기 파도로 주름진 곳은 그야말로 청금석 액체다
티머시[1] 이삭이 이토록 짧아져
차례로 번갈아 바람에 휘날린다
      (그것은 피아노의 푸른색 열쇠로
       차례로 번갈아 바람에 눕는다)
혹은 키 작은 변종이겠지
물방울 속에 나팔꽃이 피었다
모닝글로리의 바로 그 글로리
      5월 광야의 바람처럼 짐마차가 온다
      늙고 흰 짐말은 고개를 숙이고
      마차에 탄 남자는 사람이 좋다
      아까 휑한 길모퉁이에서 만나
      항구에서 가장 번화한 곳이 어디냐고 물었을 때
      이쪽일 겁니다   저쪽으로는 가본 적이 없어서
      그렇게 말한 것만 보아도 알 수 있다
      지금 친절한 곁눈으로 나를 본다

　　　　（その小さなレンズには
　　　　たしか樺太の白い雲もうつつてゐる）
朝顔よりはむしろ牡丹のやうにみえる
おほきなはまばらの花だ
まつ赤な朝のはまなすの花です
　　ああこれらのするどい花のにほひは
　　もうどうしても　妖精のしわざだ
　　無数の藍いろの蝶をもたらし
　　またちひさな黄金の槍の穂
　　軟玉の花瓶や青い簾
それにあんまり雲がひかるので
たのしく激しいめまぐるしさ
　　　　馬のひづめの痕が二つづつ
　　　　ぬれて寂まつた褐砂の上についてゐる
　　　　もちろん馬だけ行つたのではない
　　　　広い荷馬車のわだちは
　　　　こんなに淡いひとつづり
波の来たあとの白い細い線に
小さな蚊が三疋さまよひ
またほのぼのと吹きとばされ
貝殻のいぢらしくも白いかけら
萱草の青い花軸が半分砂に埋もれ

          (그 작은 렌즈에는

          분명 사할린의 흰 구름도 비쳤겠지)

나팔꽃보다는 모란처럼 보인다

커다란 해당화다

아침에 핀 새빨간 해당화다

     아아 강렬한 꽃향기

     아무래도 이건   요정의 소행이야

     무수한 쪽빛 나비를 불러들이고

     작은 황금의 창끝

     옥으로 만든 화병과 푸른 주렴

더구나 구름이 무척 빛나기에

즐겁고 격렬한 어지럼증

          한 쌍의 나란한 말 발자국이

          축축하고 적막한 진흙 위에 나 있다

          물론 말 혼자 간 것은 아니다

          두꺼운 짐마차의 바퀴 자국은

          이리도 희미하게 줄이 가 있다

파도가 지나간 자리의 가늘고 흰 선에

조그만 모기 세 마리가 헤매다

희미하게 휙 불려 날아가 버리고

애처롭게 부서진 조개의 흰 파편

원추리의 푸른 꽃대가 모래에 반쯤 파묻혀

波はよせるし砂を巻くし

白い片岩類の小砂利に倒れ

波できれいにみがかれた

ひときれの貝殻を口に含み

わたくしはしばらくねむらうとおもふ

なぜならさつきあの熟した黒い実のついた

まつ青なこけももの上等の敷物と

おほきな赤いはまばらの花と

不思議な釣鐘草とのなかで

サガレンの朝の妖精にやつた

透明なわたくしのエネルギーを

いまこれらの濤のおとや

しめつたにほひのいい風や

雲のひかりから恢復しなければならないから

それにだいいちいまわたくしの心象は

つかれのためにすつかり青ざめて

眩ゆい緑金にさへなつてゐるのだ

日射しや幾重の暗いそらからは

あやしい鐘鼓の蕩音さへする

わびしい草穂やひかりのもや

320

파도는 밀려오고 모래는 휘감기고

하얀 편암류 자갈 위에 쓰러져
파도로 예쁘게 마모되었다
조개껍질 하나를 입에 머금고
나는 잠시 잠을 청한다
왜냐하면 잘 익은 검은 과실이 열린
새파란 월귤나무의 고급스러운 카펫과
크고 붉은 해당화와
이상한 블루벨 속에서
사할린의 아침 요정에게 준
나의 투명한 에너지를
여기 이 파도 소리와
좋은 냄새가 나는 촉촉한 바람과
구름의 빛으로부터 회복해야만 하니
더구나 지금 나의 심상은
피로로 완전히 해쓱해져서
푸른 금색으로 눈부시게 녹슬었다
햇살과 첩첩이 어두운 하늘에서는
수상한 양철북 소리마저 들린다

쓸쓸한 풀 이삭과 빛의 아지랑이

緑青は水平線までうららかに延び

雲の累帯構造のつぎ目から

一きれのぞく天の青

強くもわたくしの胸は刺されてゐる

それらの二つの青いいろは

どちらもとし子のもつてゐた特性だ

わたくしが樺太のひとのない海岸を

ひとり歩いたり疲れて睡つたりしてゐるとき

とし子はあの青いところのはてにゐて

なにをしてゐるのかわからない

とゞ松やえぞ松の荒さんだ幹や枝が

ごちやごちや漂ひ置かれたその向ふで

波はなんべんも巻いてゐる

その巻くために砂が湧き

潮水はさびしく濁つてゐる

　　　（十一時十五分　その蒼じろく光る盤面）

鳥は雲のこつちを上下する

ここから今朝舟が滑つて行つたのだ

砂に刻まれたその船底の痕と

巨きな横の台木のくぼみ

それはひとつの曲つた十字架だ

幾本かの小さな木片で

푸릇하게 녹슨 구리가 수평선까지 환히 펼쳐지고

구름층 틈으로 빠끔히 보이는

한 조각 파란 하늘이

나의 심장을 강하게 찌른다

이 두 가지 푸른색은 모두

도시코의 특성이다

내가 인적 없는 사할린 해안을

홀로 걷다 지쳐 잠들 때

도시코는 푸른 저편 끝에서

무엇을 하는지 알 수 없다

분비나무와 가문비나무의 거친 줄기와 가지가

뒤죽박죽 섞여 떠돌다 내려앉은 저 너머에서

파도가 수차례 휩쓸려 온다

그런 탓에 모래가 일어

바닷물은 쓸쓸히 탁해진다

　　(열한 시 십오 분　창백하게 빛나는 숫자판)

새는 구름 아래를 넘내린다

오늘 아침 여기서 배를 띄웠구나

모래에 새겨진 배 밑바닥의 흔적과

뱃머리를 받쳤던 거대한 홈

그것은 하나의 구부러진 십자가다

작은 나무쪽 몇 개로

HELL と書きそれを LOVE となほし

ひとつの十字架をたてることは

よくたれでもがやる技術なので

とし子がそれをならべたとき

わたくしはつめたくわらつた

　　　　（貝がひときれ砂にうづもれ

　　　　　白いそのふちばかり出てゐる）

やうやく乾いたばかりのこまかな砂が

この十字架の刻みのなかをながれ

いまはもうどんどん流れてゐる

海がこんなに青いのに

わたくしがまだとし子のことを考へてゐると

なぜおまへはそんなにひとりばかりの妹を

悼んでゐるかと遠いひとびとの表情が言ひ

またわたくしのなかでいふ

　　　　（Casual observer！ Superficial traveler！）

空があんまり光ればかへつてがらんと暗くみえ

いまするどい羽をした三羽の鳥が飛んでくる

あんなにかなしく啼きだした

なにかしらせをもつてきたのか

わたくしの片つ方のあたまは痛く

遠くなつた栄浜の屋根はひらめき

HELL이라고 썼다가 LOVE라고 고친다

하나의 십자가를 세우는 일은

누구나 종종 하는 기술이기에

도시코가 그것을 만들었을 때

나는 시리게 웃었다

          (조개 하나가 모래에 묻혀

            흰 테두리만 밖으로 나와 있다)

갓 마른 조밀한 모래가

십자가 모양의 틈새로 흘러들어

더욱더 기세 좋게 흐르고 있다

바다가 이렇게 푸른데

내가 아직도 도시코를 생각한다고

어째서 너는 그토록 누이만을 애도하느냐고

사람들이 표정으로 내게 묻는 듯하다

혹은 나의 내면에게 묻는다

          (Casual observer! Superficial traveler!)[2]

하늘이 너무 빛나면 오히려 텅 빈 듯 어두워 보이니

날렵한 날개를 단 새 세 마리가 날아온다

저토록 서글프게 지저귀다니

무슨 소식이라도 가져온 것일까

나는 편두통이 일고

멀어지는 사할린의 지붕은 번뜩이고

鳥はただ一羽硝子笛を吹いて

玉髄の雲に漂つていく

町やはとばのきららかさ

その背のなだらかな丘陵の鶲いろは

いちめんのやなぎらんの花だ

爽やかな苹果青の草地と

黒緑とどまつの列

　　　（ナモサダルマプフンダリカサスートラ）

五匹のちひさないそしぎが

海の巻いてくるときは

よちよちとはせて遁げ

　　　（ナモサダルマプフンダリカサスートラ）

浪がたひらにひくときは

砂の鏡のうへを

よちよちとはせてでる

한 마리 새가 유리 피리를 불며

광물의 결을 닮은 구름 위를 떠돈다

마을과 부두는 눈부시게 아름답고

그 뒤로 완만하게 이어지는 구릉의 연분홍빛

온통 분홍바늘꽃이다

상쾌한 푸른 사과의 초원과

길게 늘어선 검푸른 분비나무

　　　(나마 삿다르마 푼다리카 수트라)³

자그마한 도요새 다섯 마리가

파도가 밀려올 때는

아장아장 발을 맞춰 도망가고

　　　(나마 삿다르마 푼다리카 수트라)

파도가 말끔히 밀려 나갈 때는

모래 거울 위를

아장아장 달려간다

1　[식물] 큰조아재비.
2　[영어] 무심한 관찰자! 피상적인 여행자!
3　'나무묘법연화경'의 산스크리트어 발음.

樺太鉄道

やなぎらんやあかつめくさの群落

松脂岩薄片のけむりがただよひ

鈴谷山脈は光霧か雲かわからない

　　　　（灼かれた馴鹿の黒い頭骨は

　　　　　線路のよこの赤砂利に

　　　　　ごく敬虔に置かれてゐる）

　そつと見てごらんなさい

　やなぎが青くしげつてふるへてゐます

　きつとポラリスやなぎですよ

おお満艦飾のこのえぞにふの花

月光いろのかんざしは

すなほなコロボツクルのです

　　　　（ナモサダルマプフンダリカサスートラ）

Van't Hoff の雲の白髪の崇高さ

崖にならぶものは聖白樺

青びかり野はらをよぎる細流

それはツンドラを截り

사할린 철도

분홍바늘꽃과 붉은토끼풀 군락

송지암 조각 같은 연기가 떠돌고

스즈야 산맥은 빛의 안개인가 구름인가

      (불탄 순록의 검은 머리뼈는

       선로 옆 붉은 자갈 위에

       경건하게 놓여 있다)

  가만히 한번 보십시오

  버드나무가 푸르게 우거져 있습니다

  분명 북극성처럼 빛나는 버드나무겠지요

오 화려하게 치장한 북방의 미나리꽃

달빛 비녀는

순진한 코로폭쿠루[1]의 것입니다

      (나마 삿다르마 푼다리카 수트라)

Van't Hoff[2]의 구름 같은 백발의 숭고함

절벽에 늘어선 것은 신성한 자작나무

빛나는 녹색 들판을 스쳐가는 시냇물

그것은 툰드라를 가로질러

　　　　（光るのは電しんばしらの碍子）

夕陽にすかし出されると

その緑金の草の葉に

ごく精巧ないちいちの葉脈

　　　　（樺の微動のうつくしさ）

黒い木柵も設けられて

やなぎらんの光の点綴

　　　（こゝいらの樺の木は

　　　　焼けた野原から生えたので

　　　　みんな大乗風の考をもつてゐる）

にせものの大乗居士どもをみんな灼け

太陽もすこし青ざめて

山脈の縮れた白い雲の上にかかり

列車の窓の稜のひととこが

プリズムになつて日光を反射し

草地に投げられたスペクトル

　　　（雲はさつきからゆつくり流れてゐる）

日さへまもなくかくされる

かくされる前には感応により

かくされた後には威神力により

まばゆい白金環ができるのだ

　　　（ナモサダルマプフンダリカサスートラ）

330

(전신주 꼭대기에 반짝이는 똥딴지)

저녁놀을 뚫고 나온

푸른 금빛 풀잎에

몹시도 정교한 낱낱의 잎맥

(미동하는 자작나무의 아름다움)

검은 울타리에 둘러싸인

분홍바늘꽃이 발하는 빛의 점철

    (이 주변 자작나무는

     불탄 들판에서 자란 탓에

     대승불교의 사유를 가지고 있다)

가짜 대승 거사들을 모조리 불태우고

태양도 다소 해쓱하게

오그라진 산맥 흰 구름 위에 걸려

열차 창문 모서리 한 부분이

프리즘 되어 햇살을 반사하며

초원에 스펙트럼을 던진다

    (구름은 아까부터 유유히 흐른다)

태양마저 머지않아 모습을 감춘다

숨기 전에는 물리적 감응에 따라

숨은 후에는 위엄찬 신의 뜻에 따라

눈부신 백금 고리가 생긴다

    (나마 삿다르마 푼다리카 수트라)

たしかに日はいま羊毛の雲にはひらうとして

サガレンの八月のすきとほつた空気を

やうやく葡萄の果汁のやうに

またフレツプスのやうに甘くはつかうさせるのだ

そのためにえぞにふの花が一そう明るく見え

松毛虫に食はれて枯れたその大きな山に

桃いろな日光もそそぎ

すべて天上技師 Nature 氏の

ごく斬新な設計だ

山の襞のひとつのかげは

緑青のゴーシユ四辺形

そのいみじい玲瓏のなかに

からすが飛ぶと見えるのは

一本のごくせいの高いとどまつの

風に削り残された黒い梢だ

　　　　（ナモサダルマプフンダリカサスートラ）

結晶片岩山地では

燃えあがる雲の銅粉

　　　　　（向ふが燃えればもえるほど

　　　　　ここらの樺ややなぎは暗くなる）

こんなすてきな瑪瑙の天蓋

その下ではぼろぼろの火雲が燃えて

태양은 지금 분명 양떼구름 속에서

8월의 사할린 투명한 공기를

포도 과즙이나 수분 많은 과일처럼

서서히 달콤하게 발효시키고 있다

그런 까닭에 분홍바늘꽃이 한층 밝아 보인다

송충이에 먹혀 말라버린 저 커다란 산에

복숭앗빛 햇살이 쏟아지니

모두 천상의 기술자 Nature 씨의

극히 참신한 설계다

산주름의 한쪽 그늘은

청록색 고슈[3] 사변형

그 놀라운 영롱함 속에

날아가는 까마귀처럼 보이는 것은

아주 키가 큰 한 그루 분비나무가

바람에 꺾이고 남은 검은 나뭇가지다

      (나마 삿다르마 푼다리카 수트라)

결정편암 산지에는

타오르는 구름의 구리 가루

        (저편이 타오르면 타오를수록

           이곳의 자작나무와 버드나무는 어두워진다)

이토록 멋진 마노석 천개

그 아래 휘휘 불타는 구름

一きれはもう錬金の過程を了へ

いまにも結婚しさうにみえる

　　（濁つてしづまる天の青らむ一かけら）

いちめんいちめん海蒼のチモシイ

めぐるものは神経質の色丹松

またえぞにふと桃花心木の柵

こんなに青い白樺の間に

鉋をかけた立派なうちをたてたので

これはおれのうちだぞと

その顔の赤い愉快な百姓が

井上と少しびつこに大きく壁に書いたのだ

한 조각은 이미 연금을 끝내고

당장이라도 결합할 듯하다

　　　(뿌옇게 가라앉은 하늘에 파란 조각 하나)

온통 짙푸른 큰조아재비

낙엽송만 신경질적으로 빙빙 돈다

또 미나리꽃과 마호가니 울타리

이렇게 푸른 자작나무 사이에

대패질한 훌륭한 집을 세운

붉은 얼굴의 유쾌한 농민이

이것이 내 집이라며

이노우에라고 비뚤배뚤 커다랗게 벽에 써두었다

1　북방 원주민 아이누의 전설에 등장하는 소인족.

2　삼투압 현상을 발견한 네덜란드 물리화학자 야코뷔스 판트 호프.

3　[불어] gauche. 왼쪽, 서투름, 동일 평면에 속하지 않음을 뜻함. 이 시에서
　　는 다각도로 변하는 그림자를 나타낸다.

鈴谷平原

蜂が一ぴき飛んで行く

琥珀細工の春の器械

蒼い眼をしたすがるです

　　　　（私のとこへあらはれたその蜂は

　　　　　ちやんと抛物線の図式にしたがひ

　　　　　さびしい未知へとんでいつた）

チモシイの穂が青くたのしくゆれてゐる

それはたのしくゆれてゐるといつたところで

荘厳ミサや雲環とおなじやうに

うれひや悲しみに対立するものではない

だから新らしい蜂がまた一疋飛んできて

ぼくのまはりをとびめぐり

また茨や灌木にひつかかれた

わたしのすあしを刺すのです

こんなにうるんで秋の雲のとぶ日

鈴谷平野の荒さんだ山際の焼け跡に

わたくしはこんなにたのしくすわつてゐる

ほんたうにそれらの焼けたとゞまつが

스즈야 평원

벌 한 마리가 날아간다

호박 세공한 봄의 기계

짙푸른 눈을 가진 나나니벌이다

       (내 곁으로 날아온 그 벌은

         어김없이 포물선 도식을 따라

         쓸쓸한 미지로 날아가 버렸다)

푸른 티머시 이삭이 신나게 몸을 흔든다

흥겹게 흔들어보지만

장엄미사나 구름의 순환처럼

기쁨이나 슬픔과 대립하지는 않는다

또 한 마리 벌이 날아와

나의 주변을 빙빙 돌다

가시나무인지 떨기나무인지에 걸려

나의 맨발을 쿡쿡 찌른다

이렇게 촉촉이 가을 구름 나는 날

스즈야 평원의 거친 산기슭 불탄 자리에

나는 이토록 즐거이 앉아 있다

불타버린 분비나무가

まつすぐに天に立つて加奈太式に風にゆれ

また夢よりもたかくのびた白樺が

青ぞらにわづかの新葉をつけ

三稜玻璃にもまれ

　　　　（うしろの方はまつ青ですよ

　　　　　　クリスマスツリーに使ひたいやうな

　　　　　　あをいまつ青いとどまつが

　　　　　　いつぱいに生えてゐるのです）

いちめんのやなぎらんの群落が

光ともやの紫いろの花をつけ

遠くから近くからけむつてゐる

　　　　　（さはしぎも啼いてゐる

　　　　　　たしかさはしぎの発動機だ）

こんやはもう標本をいつぱいもつて

わたくしは宗谷海峡をわたる

だから風の音が汽車のやうだ

流れるものは二条の茶

蛇ではなくて一ぴきの栗鼠

いぶかしさうにこつちをみる

　　　　　（こんどは風が

　　　　　　みんなのがやがやしたはなし声にきこえ

　　　　　　うしろの遠い山の下からは

하늘로 곧게 뻗어 캐나다인 양 바람에 살랑이고
꿈보다 높이 자란 자작나무가
창공에 조금씩 새잎을 내며
프리즘에 부대낀다

       (저 뒤는 새파래요
          크리스마스트리로 쓰고 싶을 정도로
          푸른 소나무 푸른 분비나무가
          한가득 자라 있습니다)

온통 분홍바늘꽃 군락이
빛과 아지랑이의 보라색 꽃을 달고서
멀리서 가까이서 보잇보잇하다

       (도요새도 울고 있다
          분명 도요새의 모터겠지)

오늘 밤은 표본을 가득 들고서
소야해협을 건널 것이다
바람 소리가 기차처럼 들린다
흐르는 것은 두 줄기의 갈색 선
뱀이 아니라 다람쥐 한 마리
수상쩍다는 듯 이쪽을 본다

       (이번에는 바람이
          와자지껄 떠드는 사람 소리로 들리고
          뒤편 먼 산 아래로

好摩の冬の青ぞらから落ちてきたやうな
すきとほつた大きなせきばらひがする
これはサガレンの古くからの誰かだ）

고향 마을 겨울 창공에서 떨어진 듯한

투명하고 커다란 기침 소리가 난다

오래전부터 사할린에 살던 사람이리라)

噴火湾(ノクターン)

稚いゑんどうの澱粉や緑金が

どこから来てこんなに照らすのか

    （車室は軋みわたくしはつかれて睡つてゐる）

とし子は大きく眼をあいて

烈しい薔薇いろの火に燃されながら

    （あの七月の高い熱……）

鳥が棲み空気の水のやうな林のことを考へてゐた

    （かんがへてゐたのか

     いまかんがへてゐるのか）

車室の軋りは二疋の栗鼠

     （（ことしは勤めにそとへ出てゐないひとは

     みんなかはるがはる林へ行かう））

赤銅の半月刀を腰にさげて

どこかの生意気なアラビヤ酋長が言ふ

七月末のそのころに

思ひ余つたやうにとし子が言つた

     （（おらあど死んでもいゝはんて

     あの林の中さ行ぐだい

분화만(녹턴)

어린 완두콩의 녹말과 푸른 금빛은

어디서 왔기에 이토록 반짝일까

    (객차는 덜컹이고 나는 지쳐 잠이 들었다)

도시코는 눈을 크게 뜨고

강렬한 장밋빛 불에 타오르며

    (7월의 그 뜨거운 열기……)

새가 사는 공기의 물 같은 숲을 생각했다

    (그때 생각한 것일까

     지금 생각하는 것일까)

덜컹이는 객차 소리는 두 마리 다람쥐

    ((올해는 밖에 나가 일하지 않는 자

     모두 번갈아 숲으로 가자))

적동색 반달 검을 허리에 차고

아라비아의 어느 거만한 추장이 말한다

7월 말 그 무렵

도시코가 쭈뼛쭈뼛 내게 말했다

    ((나 이제 죽어도 좋으니

     저 숲속으로 가고 싶어

うごいで熱は高ぐなつても

　　あの林の中でだらほんとに死んでもいいはんて))

鳥のやうに栗鼠のやうに

そんなにさはやかな林を恋ひ

　　（栗鼠の軋りは水車の夜明け

　　　大きなくるみの木のしただ）

一千九百二十三年の

とし子はやさしく眼をみひらいて

透明薔薇の身熱から

青い林をかんがへてゐる

フアゴツトの声が前方にし

Funeral march があやしくいままたはじまり出す

　　　（車室の軋りはかなしみの二疋の栗鼠）

　　　（（栗鼠お魚たべあんすのすか））

　　　（二等室のガラスは霜のもやう）

もう明けがたに遠くない

崖の木や草も明らかに見え

車室の軋りもいつかかすれ

一ぴきのちひさなちひさな白い蛾が

天井のあかしのあたりを這つてゐる

　　　（車室の軋りは天の楽音）

噴火湾のこの黎明の水明り

열이 심해지더라도

저 숲속이라면 정말로 죽어도 좋아))

새처럼 다람쥐처럼

상쾌한 숲을 그토록 사랑하고

(새벽녘 물레방아는 다람쥐처럼 삐걱삐걱

커다란 호두나무 아래다)

1923년

도시코는 부드럽게 눈을 뜨고

열이 나는 투명한 장미가 되어

푸른 숲을 생각했다

바순 소리가 앞쪽에서 들려오고

Funeral march[1]가 다시금 수상쩍게 울려 퍼진다

(덜컹이는 객차 소리가 두 마리 슬픈 다람쥐 같아)

((다람쥐가 생선을 먹을까요?))

(이등석 유리창에는 서리가 끼고)

이제 머지않아 날이 밝으리

벼랑의 나무와 풀도 선명히 보이고

덜컹이는 열차 소리도 어느새 잦아들어

한 마리 작디작은 흰 나방이

천장 불빛 근처를 기어간다

(덜컹이는 객차 소리는 하늘의 음악)

분화만 수면에 여명이 드리운다

室蘭通ひの汽船には

二つの赤い灯がともり

東の天末は濁つた孔雀石の縞

黒く立つものは樺の木と楊の木

駒ヶ岳駒ヶ岳

暗い金属の雲をかぶつて立つてゐる

そのまつくらな雲のなかに

とし子がかくされてゐるかもしれない

ああ何べん理智が教へても

私のさびしさはなほらない

わたくしの感じないちがつた空間に

いままでここにあつた現象がうつる

それはあんまりさびしいことだ

　　　　（そのさびしいものを死といふのだ）

たとへそのちがつたきらびやかな空間で

とし子がしづかにわらはうと

わたくしのかなしみにいぢけた感情は

どうしてもどこかにかくされたとし子をおもふ

무로란을 드나드는 기선에

두 개의 붉은 등불이 켜지고

동쪽 하늘 끝에는 희부연 공작석 줄무늬

검게 늘어선 건 자작나무와 버드나무

저기 고마가산이 보인다

어두운 금속성 구름을 덮어썼다

저 새까만 구름 속에

도시코를 숨겼는지도 몰라

아아 아무리 이지적으로 생각하려 해도

나의 쓸쓸함은 나아지지 않네

나의 감각이 닿지 않는 다른 차원에

이제껏 여기 있던 현상이 비친다

그것은 너무나 쓸쓸한 일이다

　　　(그 쓸쓸함을 우리는 죽음이라 부르는 것이리라)

예컨대 저 눈부시게 아름다운 공간에서

도시코가 조용히 웃는다면

슬픔으로 이지러진 나의 감정은

어딘가에 숨겨진 도시코를 떠올릴 수밖에

1 　[영어] 장송 행진곡.

風景とオルゴール

풍경과 오르골

봄의 이미지로 가득했던 심상 스케치 《봄과 아수라》는 이제 차갑고 쓸쓸한 가을과 겨울의 풍경으로 끝을 맺습니다. 이 시집의 마침표와 같은 〈겨울과 은하 스테이션〉은 지상에서 우주로, 생에서 죽음으로, 그리고 다음 생으로 이어지는 일련의 고리를 은하철도로 표현하고자 한 겐지의 발상이 가장 처음으로 드러난 시입니다. 겐지는 이 시를 쓰고 이 년쯤 뒤에 동화 《은하철도의 밤》 초고를 작성합니다. 이 신비한 노래는 아름다운 동화가 탄생하기 전에 이미 명멸하는 시의 형태로 잔잔히 울리고 있었습니다. 마치 귀에 대면 어느 이국의 숲속의 태곳적 숨소리가 들려올 듯한 오르골처럼.

不貪慾戒

油紙を着てぬれた馬に乗り

つめたい風景のなか　暗い森のかげや

ゆるやかな環状削剥の丘　赤い萱の穂のあひだを

ゆつくりあるくといふこともいゝし

黒い多面角の洋傘をひろげ

砂砂糖を買ひに町へ出ることも

ごく新鮮な企画である

　　　　（ちらけろちらけろ　四十雀）

粗剛なオリザサチバといふ植物の人工群落が

タアナアさへもほしがりさうな

上等のさらどの色になつてゐることは

慈雲尊者にしたがへば

不貪慾戒のすがたです

　　　　（ちらけろちらけろ　四十雀

　　　　　そのときの高等遊民は

　　　　　いましつかりした執政官だ）

ことことと寂しさを噴く暗い山に

防火線のひらめく灰いろなども

불탐욕계[1]

우비를 입고 젖은 말에 올라

찬 풍경 속   어두운 숲 그늘과

완만히 침식된 언덕   붉은 억새 사이를

느릿느릿 걸어도 좋고

다면각 검정 양산을 펼쳐 들고

설탕 가루를 사러 마을에 가는 것도

아주 신선한 계획입니다

　　　　(삐로리리 삐로리리   박새가 우네)

오리자 사티바[2]라는 거칠고 딱딱한 식물의 인공 군락이

윌리엄 터너마저 탐낼 만한

고급스러운 샐러드 빛깔로 반짝이는 것은

자운존자에 따르면

불탐욕계의 모습입니다

　　　　(삐로리리 삐로리리   박새가 우네

　　　　　그때의 고등 유민이

　　　　　지금은 듬직한 집정관이다)

타닥타닥 외로움 내뿜는 어두운 산에

잿빛으로 번뜩이는 산불 저지선도

慈雲尊者にしたがへば

不貪慾戒のすがたです

자운존자에 따르면

불탐욕계의 모습입니다

---

1   에도시대 승려 자운존자가 주창한 열 가지 규율 가운데 하나로 '탐욕을
    부려서는 안 된다'라는 뜻.
2   벼의 학명. 라틴어로 오리자는 '벼', 사티바는 '재배됨'으로 야생종이 아닌
    재배종 벼를 이른다.

雲とはんのき

雲は羊毛とちぢれ

黒緑赤楊のモザイツク

またなかぞらには氷片の雲がうかび

すすきはきらつと光つて過ぎる

　　　　((北ぞらのちぢれ羊から

　　　　　おれの崇敬は照り返され

　　　　　天の海と窓の日おほひ

　　　　　おれの崇敬は照り返され))

沼はきれいに鉋をかけられ

朧ろな秋の水ゾルと

つめたくぬるぬるした蓴菜とから組成され

ゆふべ一晩の雨でできた

陶庵だか東庵だかの蒔絵の

精製された水銀の川です

アマルガムにさへならなかつたら

銀の水車でもまはしていい

無細工な銀の水車でもまはしていい

　　　　(赤紙をはられた火薬車だ

356

구름과 오리나무

구름은 양모처럼 곱슬하고
검푸른 오리나무의 모자이크
공중에는 얼음 조각구름이 떠가고
참억새는 반짝이며 지나간다
　　((북쪽 하늘 곱슬곱슬한 양에
　　　반사되는 나의 숭경
　　　하늘의 바다와 유리창의 햇살에
　　　반사되는 나의 숭경))
깨끗이 대패질해 둔 늪에
몽롱한 가을의 콜로이드 용액과
차갑고 미끈한 순채를 더해
어제 내린 하룻밤 비로 완성한
도안이라는 장인의 마키에[1]
정제된 수은의 강
아말감이 되지 못하였으니
은빛 물레방아라도 돌리자
엉성한 은빛 물레방아라도 돌리자
　　　　(붉은 종이를 붙인 화약고다

　　　　　あたまの奥ではもうまつ白に爆発してゐる）

無細工の銀の水車でもまはすがいい

カフカズ風に帽子を折つてかぶるもの

感官のさびしい盈虚のなかで

貨物車輪の裏の秋の明るさ

　　　　　（ひのきのひらめく六月に

　　　　　おまへが刻んだその線は

　　　　　やがてどんな重荷になつて

　　　　　おまへに男らしい償ひを強ひるかわからない）

　　手宮文字です　　手宮文字です

こんなにそらがくもつて来て

山も大へん尖つて青くくらくなり

豆畑だつてほんたうにかなしいのに

わづかにその山稜と雲との間には

あやしい光の微塵にみちた

幻惑の天がのぞき

またそのなかにはかがやきまばゆい積雲の一列が

こころも遠くならんでゐる

これら葬送行進曲の層雲の底

鳥もわたらない清澄な空間を

わたくしはたつたひとり

머릿속은 벌써 새하얗게 폭발했다)

엉성한 은빛 물레방아라도 돌리자

코카서스풍으로 모자를 접어 쓴 자

감각이 쓸쓸히 차고 기우는 가운데

화물칸 뒤로 비친 드밝은 가을

      (편백나무 일렁이는 6월에

        네가 새긴 그 선이

          훗날 얼마나 무거운 짐이 되어

          너에게 속죄를 강요할지 알 수 없다)

   테미야 문자[2]입니다   테미야 문자입니다

하늘이 이토록 흐리고

뾰족한 산도 푸르고 어두워

콩밭마저 슬프기 그지없는데

저 산등성과 구름 사이만큼은

수상한 빛의 티끌로 가득하다

현혹의 하늘이 빠끔히 드러나고

그 안에 눈부시게 빛나는 한 줄기 적운이

넋을 놓은 듯 늘어서 있다

장송행진곡 층운의 밑바닥

새도 날지 않는 청징한 공간을

나 홀로 하염없이

つぎからつぎと冷たいあやしい幻想を抱きながら
一梃のかなづちを持つて
南の方へ石灰岩のいい層を
さがしに行かなければなりません

차가운 환상을 끌어안으며

한 자루 쇠망치를 들고

남쪽 석회암층을 찾아

떠나야만 한다

宗教風の恋

がさがさした稲もやさしい油緑に熟し

西ならあんな暗い立派な霧でいつぱい

草穂はいちめん風で波立つてゐるのに

可哀さうなおまへの弱いあたまは

くらくらするまで青く乱れ

いまに太田武か誰かのやうに

眼のふちもぐちやぐちやになつてしまふ

ほんたうにそんな偏つて尖つた心の動きかたのくせ

なぜこんなにすきとほつてきれいな気層のなかから

燃えて暗いなやましいものをつかまへるか

信仰でしか得られないものを

なぜ人間の中でしつかり捕へようとするか

風はどうどう空で鳴つてるし

東京の避難者たちは半分脳膜炎になつて

いまでもまいにち遁げて来るのに

どうしておまへはそんな医される筈のないかなしみを

わざとあかるいそらからとるか

いまはもうさうしてゐるときでない

종교풍 사랑

윤기 없던 벼도 보드라운 녹갈색으로 여물고
서쪽은 어둡고도 아름다운 안개로 가득하다
풀 이삭이 바람에 물결치는데
가여운 너의 연약한 머리는
어지러울 정도로 푸른 혼돈에 잠겨
당장이라도 오타 다케시인가 누구인가처럼
눈가도 엉망이 되어버렸다
그토록 외골수에 예민한 사람이
어찌하여 이렇게 투명하고 깨끗한 대기층에서
분노하며 어두운 고통을 붙들고 있는지
신앙을 통해서만 얻을 수 있는 것을
어찌하여 인간 안에서 구하려 하는가
바람은 휘휘 하늘에서 울고
도쿄의 피난민들은 절반쯤 뇌막염에 걸려
지금도 날마다 도망쳐 오는데
어째서 너는 치유될 리 없는 슬픔을
굳이 화창한 하늘에서 애써 붙잡아 오느냐
지금은 이러고 있을 때가 아니다

けれども悪いとかいゝとか云ふのではない

あんまりおまへがひどからうとおもふので

みかねてわたしはいつてゐるのだ

さあなみだをふいてきちんとたて

もうそんな宗教風の恋をしてはいけない

そこはちやうど両方の空間が二重になつてゐるとこで

おれたちのやうな初心のものに

居られる場処では決してない

하지만 옳고 그름을 따지려는 것도 아니다
네가 너무도 고통스러워 보여서
보다 못한 내가 하는 말이다
이제 눈물을 닦고 똑바로 서자
더는 그런 종교풍 사랑을 해서는 안 돼
두 공간이 이중으로 포개진 그곳은
우리 같은 초심자가
있을 곳이 아니다

風景とオルゴール

爽かなくだもののにほひに充ち

つめたくされた銀製の薄明穹を

雲がどんどんかけてゐる

黒曜ひのきやサイプレスの中を

一疋の馬がゆつくりやつてくる

ひとりの農夫が乗つてゐる

もちろん農夫はからだ半分ぐらゐ

木だちやそこらの銀のアトムに溶け

またじぶんでも溶けてもいいとおもひながら

あたまの大きな曖昧な馬といつしよにゆつくりくる

首を垂れておとなしくがさがさした南部馬

黒く巨きな松倉山のこつちに

一点のダアリア複合体

その電燈の企画なら

じつに九月の宝石である

その電燈の献策者に

わたくしは青い蕃茄を贈る

どんなにこれらのぬれたみちや

풍경과 오르골

산뜻한 과일 향이 번지고
차가워진 어스름 은빛 궁륭에
차츰 구름이 드리운다
흑요석 같은 편백과 사이프러스 사이로
말 한 마리가 천천히 다가온다
농부가 타고 있다
물론 농부의 몸은 반쯤
나무들과 그 주변 은의 입자에 녹고
또 스스로 녹아도 괜찮다 여기며
머리가 큰 흐리터분한 말과 함께 천천히 다가온다
얌전히 고개 숙인 가슬가슬한 난부의 말
검고 거대한 마쓰쿠라산 아래쪽
한 송이 달리아의 복합체
그것이 전등의 계획이라면
진정 9월의 보석이다
그 전등을 고안한 이에게
나는 푸른 토마토를 보낸다
축축한 이 길과

クレオソートを塗つたばかりのらんかんや

電線も二本にせものの虚無のなかから光つてゐるし

風景が深く透明にされたかわからない

下では水がごうごう流れて行き

薄明穹の爽かな銀と苹果とを

黒白鳥のむな毛の塊が奔り

　　　　((ああ　お月さまが出てゐます))

ほんたうに鋭い秋の粉や

玻璃末の雲の稜に磨かれて

紫磨銀彩に尖つて光る六日の月

橋のらんかんには雨粒がまだいつぱいついてゐる

なんといふこのなつかしさの湧きあがり

水はおとなしい膠朧体だし

わたくしはこんな過透明な景色のなかに

松倉山や五間森荒つぽい石英安山岩の岩頸から

放たれた剽悍な刺客に

暗殺されてもいいのです

　　　　(たしかにわたくしがその木をきつたのだから)

　　　　　(杉のいただきは黒くそらの椀を刺し)

風が口笛をはんぶんちぎつて持つてくれば

　　　　(気の毒な二重感覚の機関)

わたくしは古い印度の青草をみる

지금 막 유액을 바른 난간과

전선도 두 줄기 가짜 허무 속에서 빛나며

풍경이 얼마나 깊고 투명해졌는지 모른다

아래는 급류가 꽝꽝 흐르고

싱그러운 은빛 궁륭과 사과 속에

흑백조의 가슴 깃털 뭉치가 날린다

      ((아아　달님이 나왔어요))

아주 날카로운 가을의 가루와

유리 파편 같은 구름 모서리에 마모되어

예리하게 빛나는 은자주색 초승달

다리 난간에 가득한 이슬

강렬한 그리움이 북받쳐 올라

물은 차분한 콜로이드

나는 넘치도록 투명한 풍경 속에

아쓰쿠라산과 고켄숲 황량한 석영안산암 용암탑에서

추방된 날렵한 자객에게

암살당해도 좋겠다

      (내가 그 나무를 베어냈으니)

       (삼나무는 시커멓게 하늘을 찌르고)

바람이 휘파람을 반쯤 찢어갈 때면

      (안타까운 이중 감각의 기관)

눈앞에 옛 인도의 푸른 풀이 보인다

崖にぶつつかるそのへんの水は

葱のやうに横に外れてゐる

そんなに風はうまく吹き

半月の表面はきれいに吹きはらはれた

だからわたくしの洋傘は

しばらくぱたぱた言つてから

ぬれた橋板に倒れたのだ

松倉山松倉山尖つてまつ暗な悪魔蒼鉛の空に立ち

電燈はよほど熟してゐる

風がもうこれつきり吹けば

まさしく吹いて来る劫のはじめの風

ひときれそらにうかぶ暁のモテイーフ

電線と恐ろしい玉髄の雲のきれ

そこから見当のつかない大きな青い星がうかぶ

　　　　（何べんの恋の償ひだ）

そんな恐ろしいがまいろの雲と

わたくしの上着はひるがへり

　　　　（オルゴールをかけろかけろ）

月はいきなり二つになり

盲ひた黒い暈をつくつて光面を過ぎる雲の一群

　　　　（しづまれしづまれ五間森

　　　　　木をきられてもしづまるのだ）

벼랑으로 부딪히는 거센 물결은

파뿌리처럼 옆으로 눕고

그토록 세찬 바람에

반달의 표면이 깨끗이 날아갔다

그러는 통에 나의 양산은

한동안 툭툭 소리를 내더니

젖은 교각 위에 쓰러져 버렸다

마쓰쿠라산 마쓰쿠라산 뾰죽하게 새까만 악마 창연

의 하늘에 닿고

전등은 어지간히 무르익었다

바람이 더는 안 분다 싶으면

곧장 불어오는 영원의 시작 같은 바람

한 조각 하늘에 뜨는 새벽녘 모티프

전선과 치밀한 광물 조직을 닮은 구름

크고 푸른 별이 수없이 뜬다

      (수많은 사랑의 보상이다)

어마어마한 벽돌색 구름과

나의 상의가 휙 뒤집혀

      (오르골을 돌리자 돌리자)

달은 순식간에 두 개가 된다

눈먼 검은 우산을 펼쳐 빛 속을 지나는 구름의 무리

      (침착해 침착해 사방의 숲이여

       나무가 잘려도 침착해야 한다)

風の偏倚

風が偏倚して過ぎたあとでは

クレオソートを塗つたばかりの電柱や

逞しくも起伏する暗黒山稜や

　　　（虚空は古めかしい月汞にみち）

研ぎ澄まされた天河石天盤の半月

すべてこんなに錯綜した雲やそらの景観が

すきとほつて巨大な過去になる

五日の月はさらに小さく副生し

意識のやうに移つて行くちぎれた蛋白彩の雲

月の尖端をかすめて過ぎれば

そのまん中の厚いところは黒いのです

（風と嘆息との中にあらゆる世界の因子がある）

きららかにきらびやかにみだれて飛ぶ断雲と

星雲のやうにうごかない天盤附属の氷片の雲

　　　（それはつめたい虹をあげ）

いま硅酸の雲の大部が行き過ぎようとするために

みちはなんべんもくらくなり

　　　（月あかりがこんなにみちにふると

바람이 기운다

바람이 기울며 스쳐간 뒤에는

막 유약을 바른 전신주나

우람하고 굴곡진 암흑 산릉이나

    (허공은 예스러운 달빛 수은 가득해)

잘 갈린 천하석 같은 천공의 반달

모두 복잡하게 얽히고설킨 구름과 하늘의 경관이

투명해져 거대한 과거가 된다

닷샛날 달은 한층 더 작은 부산물이 되어

의식처럼 흐르는 조각난 오팔 구름

달의 첨단을 스쳐 지나면

한가운데 두꺼운 곳이 거멓다

(바람과 탄식 사이에는 세계의 온갖 인자가 있다)

현란하게 흐트러져 나는 조각구름

성운처럼 고요한 천공의 얼음 조각구름

    (그것은 차가운 무지개를 띄우며)

지금 규산으로 이루어진 구름들이 지나가려 하기에

길이 점점 어두워진다

    (달빛이 이렇게 거리에 흐를 때면

　　　　　まへにはよく硫黄のにほひがのぼつたのだが

　　　　　いまはその小さな硫黄の粒も

　　　　　風や酸素に溶かされてしまつた）

じつに空は底のしれない洗ひがけの虚空で

月は水銀を塗られたでこぼこの噴火口からできてゐる

　　　　　（山もはやしもけふはひじやうに峻嶮だ）

どんどん雲は月のおもてを研いで飛んでゆく

ひるまのはげしくすさまじい雨が

微塵からなにからすつかりとつてしまつたのだ

月の彎曲の内側から

白いあやしい気体が噴かれ

そのために却つて一きれの雲がとかされて

　　　　（杉の列はみんな黒真珠の保護色）

そらそら　Ｂ氏のやつたあの虹の交錯や顫ひと

苹果の未熟なハロウとが

あやしく天を覆ひだす

杉の列には山鳥がいつぱいに潜み

ペガススのあたりに立つてゐた

いま雲は一せいに散兵をしき

極めて堅実にすすんで行く

おゝ私のうしろの松倉山には

用意された一万の硅化流紋凝灰岩の弾塊があり

374

전에는 종종 유황 냄새가 나고는 했는데

지금은 작은 유황 입자도

바람과 산소에 녹아버린다)

하늘은 깨끗이 빨아둔 바닥 뚫린 허공에서 생기고

달은 수은 바른 울퉁불퉁한 분화구에서 생긴다

(산도 숲도 오늘은 대단히 준엄하다)

구름은 점차 달의 표면을 문지르며 날아가고

점심나절 무섭게 내리던 비가

먼지며 티끌이며 다 닦아냈다

달의 만곡 안쪽에서

희고 수상한 기체가 뿜어 나와

도리어 한 무리 구름이 녹고

(삼나무 숲은 모두 흑진주의 보호색)

저것 봐   B 씨[1]가 알아낸 무지개의 엇갈림과 흔들림

사과의 미숙한 파장이

수상하게 하늘을 뒤덮는다

산새가 가득 숨은 삼나무 군락은

페가수스자리 근처에 서 있다

지금 구름은 일제히 병사를 내보내며

지극히 견실하게 나아가고 있다

오오 내 뒤편 마쓰쿠라산에는

만 개의 규화한 물결무늬 응회암 탄환이

川尻断層のときから息を殺してしまつてゐて

私が腕時計を光らし過ぎれば落ちてくる

空気の透明度は水よりも強く

松倉山から生えた木は

敬虔に天に祈つてゐる

辛うじて赤いすすきの穂がゆらぎ

　　　　（どうしてどうして松倉山の木は

　　　　　ひどくひどく風にあらびてゐるのだ

　　　　　あのごとごといふのがみんなそれだ）

呼吸のやうに月光はまた明るくなり

雲の遷色とダムを超える水の音

わたしの帽子の静寂と風の塊

いまくらくなり電車の単線ばかりまつすぐにのび

　　　レールとみちの粘土の可塑性

月はこの変厄のあひだ不思議な黄いろになつてゐる

가와지리 단층[2] 때부터 숨죽여 기다리다가

내가 손목시계를 반짝이며 지나갈 때마다 쏘아댄다

공기의 투명도는 물보다 강하여

마쓰쿠라산에서 자란 나무는

경건하게 하늘에 기도를 올린다

간간히 붉은 억새 이삭이 흔들리며

    (어찌하여 마쓰쿠라산의 나무는

      가혹한 바람에 황폐해져만 가는가

      다들 이러쿵저러쿵 소란하다)

호흡처럼 달빛은 다시 밝아져

구름의 변색과 댐을 넘는 물소리

나의 모자에 이는 정적과 바람 한 덩이

어두워진 가운데 한 줄 기찻길만 똑바로 뻗어

  레일과 길이 가진 점토의 가소성

달은 그사이 신비로운 노란빛으로 변했다

---

1 브라운운동을 발견한 식물학자 로버트 브라운.

2 겐지가 태어난 직후인 1896년 8월, 무쓰 대지진 때 생긴 이와테현의 단층명.

昴

沈んだ月夜の楊の木の梢に

二つの星が逆さまにかかる

    （昴がそらでさう云つてゐる）

オリオンの幻怪と青い電燈

また農婦のよろこびの

たくましくも赤い頬

風は吹く吹く　松は一本立ち

山を下る電車の奔り

もし車の外に立つたらはねとばされる

山へ行つて木をきつたものは

どうしても帰るときは肩身がせまい

    （ああもろもろの徳は善逝から来て

     そしてスガタにいたるのです）

腕を組み暗い貨物電車の壁による少年よ

この籠で今朝鶏を持つて行つたのに

それが売れてこんどは持つて戻らないのか

そのまつ青な夜のそば畑のうつくしさ

電燈に照らされたそばの畑を見たことがありますか

스바루

차분한 달밤 포플러 가지 끝에

별 두 개가 거꾸로 뜬다

    (스바루[1]가 하늘에서 그리 말한다)

괴이한 오리온자리와 푸른 전등

기뻐하는 농촌 아낙의

든든하리만치 붉은 뺨

바람은 펄럭펄럭　홀로 선 소나무

산 아래로 질주하는 열차

만약 객차 밖으로 나간다면 튕겨 나가리라

산에 들어가 나무를 벤 이는

돌아올 때 반드시 착잡해지기 마련

    (아아 온갖 덕은 수가타[2]에서 나와

      수가타에 이르는 것입니다)

팔짱을 끼고 화물칸 어두운 벽에 기댄 소년이여

오늘 아침 소쿠리에 닭을 넣고 가더니

그걸 팔고 혼자서 돌아가는구나

새파란 밤의 아름다운 메밀밭

전등불 비친 메밀밭을 본 적이 있습니까

市民諸君よ

おおきやうだい　これはおまへの感情だな

市民諸君よなんてふざけたものの云ひやうをするな

東京はいま生きるか死ぬかの堺なのだ

見たまへこの電車だつて

軌道から青い火花をあげ

もう蝎かドラゴかもわからず

一心に走つてゐるのだ

　　　（豆ばたけのその喪神のあざやかさ）

どうしてもこの貨物車の壁はあぶない

わたくしが壁といつしよにここらあたりで

投げだされて死ぬことはあり得過ぎる

金をもつてゐるひとは金があてにならない

からだの丈夫なひとはごろつとやられる

あたまのいいものはあたまが弱い

あてにするものはみんなあてにならない

たゞもろもろの徳ばかりこの巨きな旅の資糧で

そしてそれらもろもろの徳性は

善逝から来て善逝に至る

시민 여러분

오 형제여   이것이 당신의 감정이구나

시민 여러분이라니 그따위 헛소리 집어치워

도쿄는 지금 사느냐 죽느냐의 갈림길에 섰다

보라 이 열차만 해도

궤도에 푸른 불꽃을 튀기며

전갈자리인지 용자리인지도 모른 채

전속력으로 달리고 있다

　　　(콩밭에 흩어지는 선명한 상실)

아무래도 화물칸 벽은 위험하다

내가 벽과 함께 날아가

죽을 수도 있어

돈 있는 사람은 돈을 믿지 못한다

건강한 사람은 갑자기 쓰러진다

머리 좋은 사람은 정신이 유약하다

믿을 만한 것은 모두 미덥지 않다

세상 모든 덕만이 이 거대한 여행의 양식이며

이들 온갖 덕성은

수가타에서 나와 수가타에 이른다

1　황소자리에 있는 플레이아데스 성단을 이른다.
2　번뇌를 끊고 깨달음의 피안에 이르렀다는 뜻으로 부처의 다른 이름.

第四梯形

　　　　青い抱擁衝動や

　　　　明るい雨の中のみたされない唇が

　　　　きれいにそらに溶けてゆく

　　　　日本の九月の気圏です

そらは霜の織物をつくり

萱の穂の満潮

　　　　　　（三角山はひかりにかすれ）

あやしいそらのバリカンは

白い雲からおりて来て

早くも七つ森第一梯形の

松と雑木を刈りおとし

　　　　野原がうめばちさうや山羊の乳や

　　　　沃度の匂で荒れて大へんかなしいとき

　　　　汽車の進行ははやくなり

　　　　ぬれた赤い崖や何かといつしよに

七つ森第二梯形の

新鮮な地被が刈り払はれ

手帳のやうに青い卓状台地は

네 번째 사다리꼴

     푸른 포옹 운동과

     밝은 빗속 덧없는 입술이

     깨끗이 하늘로 녹아드는

     일본의 9월 대기권입니다

하늘은 서리로 직물을 짜고

억새 이삭은 만조를 이룬다

          (산카쿠산에 쏠리는 빛)

하늘의 수상한 이발기가

흰 구름 아래로 내려와

재빠르게 나나쓰숲 첫 번째 사다리꼴에서

소나무와 잡목을 베어내고

          들판이 물매화풀과 산양의 젖과

          요오드 냄새로 황량해져 못 견디게 슬플 때

          열차는 더욱 빨리 달린다

          젖은 붉은 절벽과 무언가와 함께

나나쓰숲 두 번째 사다리꼴에서

신선한 지피식물을 잘라낸

수첩처럼 푸른 고원에는

まひるの夢をくすぼらし

ラテライトのひどい崖から

梯形第三のすさまじい羊歯や

こならやさるとりいばらが滑り

　　　（おお第一の紺青の寂寥）

縮れて雲はぎらぎら光り

とんぼは萱の花のやうに飛んでゐる

　　　（萱の穂は満潮

　　　　萱の穂は満潮）

一本さびしく赤く燃える栗の木から

七つ森の第四伯林青スロープは

やまなしの匂の雲に起伏し

すこし日射しのくらむひまに

そらのバリカンがそれを刈る

　　　　（腐植土のみちと天の石墨）

夜風太郎の配下と子孫とは

大きな帽子を風にうねらせ

落葉松のせはしい足なみを

しきりに馬を急がせるうちに

早くも第六梯形の暗いリパライトは

ハツクニーのやうに刈られてしまひ

ななめに琥珀の陽も射して

한낮의 꿈이 그을음으로 남았다

까마득히 붉은 흙 절벽에서부터

세 번째 사다리꼴 숲의 어마어마한 양치식물과

졸참나무와 청미래덩굴이 뒤덮였다

       (오오 첫 번째 숲의 짙은 남빛과 적요)

구름은 주름져 반짝이며 빛나고

잠자리는 활짝 핀 원추리처럼 난다

       (억새 이삭은 만조

        억새 이삭은 만조)

한 그루 쓸쓸히 타오르는 밤나무에서

네 번째 숲의 베를린블루 경사면은

산돌배 향 구름으로 굴곡이 지고

살짝 비친 햇살이 눈부신 사이

하늘의 이발기가 그것을 벤다

       (부식토로 난 길과 하늘의 흑연)

밤바람의 부하와 자손이

바람에 넘실대는 커다란 모자를 쓰고

낙엽송의 바쁜 발걸음에 맞춰

정신없이 말을 내달리는 사이

여섯 번째 사다리꼴 숲의 어두운 유문암은

명마처럼 깔끔하게 털이 깎이어

비스듬히 호박색 햇살 비친다

((たうとうぼくは一つ勘定をまちがへた

　　　　第四か第五かをうまくそらからごまかされた))

どうして決して　そんなことはない

いまきらめきだすその真鍮の畑の一片から

明暗交錯のむかふにひそむものは

まさしく第七梯形の

雲に浮んだその最後のものだ

緑青を吐く松のむさくるしさと

ちぢれて悼む　雲の羊毛

　　　（三角やまはひかりにかすれ）

((나는 결국 계산을 잘못했다

　　네 번째인지 다섯 번째인지 하늘에 속고 말았다))

무슨 일이야 절대로　그럴 리가 없어

이제 막 반짝이는 놋쇠 밭 구석에서

뒤섞이는 명암 저편에 숨어 있던

일곱 번째 사다리꼴 숲이

구름 위로 떠올라 최후에 모습을 드러냈다

청록을 토해내는 소나무의 누추함과

주름진 채 애도하는　구름의 양모

　　(산카쿠산은 빛에 스쳐라)

火薬と紙幣

萓の穂は赤くならび

雲はカシユガル産の苹果の果肉よりもつめたい

鳥は一ぺんに飛びあがつて

ラツグの音譜をばら撒きだ

　　　古枕木を灼いてこさへた

　　　黒い保線小屋の秋の中では

　　　四面体聚形の一人の工夫が

　　　米国風のブリキの缶で

　　　たしかメリケン粉を捏ねてゐる

鳥はまた一つまみ　空からばら撒かれ

一ぺんつめたい雲の下で展開し

こんどは巧に引力の法則をつかつて

遠いギリヤークの電線にあつまる

　　　赤い碍子のうへにゐる

　　　そのきのどくなすゞめども

　　　口笛を吹きまた新らしい濃い空気を吸へば

　　　たれでもみんなきのどくになる

森はどれも群青に泣いてゐるし

화약과 지폐

억새 이삭은 붉게 물들고

구름은 카슈가르산 사과의 살보다 차다

새는 단번에 날아올라서

래그타임[1]의 음표를 흩뿌렸다

> 낡은 침목을 태워 만든

> 가을날 선로공의 검은 오두막에는

> 떡 벌어진 체격의 인부 하나가

> 미국식 양철통에

> 밀가루를 반죽하고 있다

새는 다시 한 자밤　공중에 흩뿌려져

삽시간에 차가운 구름 아래 펼쳐지고

이번에는 재치 있게 인력의 법칙으로

멀리 길랴크[2]의 전선으로 모여든다

> 붉은 전봇대 꼭대기의

> 가여운 참새들아

> 휘파람 불며 짙고 신선한 공기를 마시면

> 누구나 다들 가여워진다

숲은 하나같이 군청색으로 울고

389

松林なら地被もところどころ剥げて

酸性土壌ももう十月になつたのだ

　　　私の着物もすつかり thread-bare

　　　その陰影のなかから

　　　逞ましい向ふの土方がくしやみをする

氷河が海にはひるやうに

白い雲のたくさんの流れは

枯れた野原に注いでゐる

　　　だからわたくしのふだん決して見ない

　　　小さな三角の前山なども

　　　はつきり白く浮いてゐる

栗の梢のモザイツクと

鉄葉細工のやなぎの葉

水のそばでは堅い黄いろなまるめろが

枝も裂けるまで実つてゐる

　　　　（こんどばら撒いてしまつたら……

　　　　ふん　ちやうど四十雀のやうに）

雲が縮れてぎらぎら光るとき

大きな帽子をかぶつて

野原をおほびらにあるけたら

おれはそのほかにもうなんにもいらない

火薬も燐も大きな紙幣もほしくない

솔숲의 지피식물도 여기저기 벗겨져

산성의 토양은 10월로 접어들었다

    나의 옷도 이제 완전히 thread-bare[3]

    그 그림자 안에서

    늠름한 막일꾼이 재채기를 한다

빙하가 바다로 흘러가듯이

흰 구름 한가득 떠밀려

메마른 들판에 쏟아져 내린다

    그러자 평소에 안 보이던

    소박한 삼각형 앞산도

    뚜렷이 하얗게 솟아 나온다

밤나무 가지의 모자이크와

금속 세공한 듯한 버들잎

물가에 단단하고 노란 모과가

가지 꺾이도록 주렁주렁 열렸다

      (이번에 휙 흩뿌린다면……

      그래　꼭 박새처럼 말이야)

구름이 오므라져 반짝반짝 빛날 때

커다란 모자 쓰고

들판을 휘휘 걸을 수만 있다면

그밖에는 아무것도 바랄 게 없다

화약도 인도 두툼한 지폐도 필요치 않다

1 재즈 피아노에서 당김음을 구사하는 연주 스타일로 19세기 말에 미국 미
   주리 지방의 흑인 피아니스트를 통해 고안되어 1910년대까지 큰 인기를
   끌었다. 겐지가 재즈 애호가였음을 보여주는 일례.
2 러시아 극동 지방에 거주하는 몽고 인종계 소수 민족.
3 [영어] 낡아빠진, 올이 다 풀린.

過去情炎

截られた根から青じろい樹液がにじみ

あたらしい腐植のにほひを嗅ぎながら

きらびやかな雨あがりの中にはたらけば

わたくしは移住の清教徒です

雲はぐらぐらゆれて馳けるし

梨の葉にはいちいち精巧な葉脈があつて

短果枝には雫がレンズになり

そらや木やすべての景象ををさめてゐる

わたくしがここを環に掘つてしまふあひだ

その雫が落ちないことをねがふ

なぜならいまこのちひさなアカシヤをとつたあとで

わたくしは鄭重にかがんでそれに唇をあてる

えりをりのシヤツやぼろぼろの上着をきて

企らむやうに肩をはりながら

そつちをぬすみみてゐれば

ひじやうな悪漢にもみえようが

わたくしはゆるされるとおもふ

なにもかもみんなたよりなく

과거정염

베인 나무 밑동에서 파르스름한 수액이 번지고

새로 부식되는 것들의 냄새를 맡으며

비 갠 눈부신 풍경 속에 일하는

나는 이주한 청교도입니다

구름은 건들건들 몸을 흔들며 내달리고

배 잎에는 일일이 정교한 잎맥

가지 끝 물방울은 렌즈가 되어

하늘과 나무와 모든 경치를 담아냅니다

내가 이곳을 둥그렇게 파는 동안

그 물방울이 떨어지지 않기를

왜냐하면 지금 이 작은 아까시나무를 뽑은 뒤

정중히 허리 숙여 입 맞추려 하기에

와이셔츠에 낡은 겉옷을 걸치고

일이라도 꾸밀 듯 으스대면서

그쪽을 몰래 훔쳐보는 내가

아주 지독한 악당 같겠지만

나를 용서해 줄 거라고 생각합니다

이 세상 그 무엇도 미덥지 않고

なにもかもみんなあてにならない

これらげんしやうのせかいのなかで

そのたよりない性質が

こんなきれいな露になつたり

いぢけたちひさなまゆみの木を

紅からやさしい月光いろまで

豪奢な織物に染めたりする

そんならもうアカシヤの木もほりとられたし

いまはまんぞくしてたうぐはをおき

わたくしは待つてゐたこひびとにあふやうに

鷹揚にわらつてその木のしたへゆくのだけれども

それはひとつの情炎だ

もう水いろの過去になつてゐる

이 세상 그 어디도 기댈 곳 없는
이들 현상의 세계 속에서
미덥지 않은 그 성질이
이렇게 아름다운 이슬이 되거나
움츠러든 작은 참빗살나무를
다홍색에서 부드러운 달빛색으로
호화로운 직물처럼 물들이기도 합니다
이제 아까시나무도 뽑아냈으니
만족한 마음으로 곡괭이를 내려놓고
나는 기다리던 연인을 만나듯
여유롭게 웃으며 나무 밑으로 향하나
그것은 하나의 정염
이미 물빛 과거가 되었습니다

一本木野

松がいきなり明るくなつて

のはらがぱつとひらければ

かぎりなくかぎりなくかれくさは日に燃え

電信ばしらはやさしく白い碍子をつらね

ベーリング市までつづくとおもはれる

すみわたる海蒼の天と

きよめられるひとのねがひ

からまつはふたたびわかやいで萌え

幻聴の透明なひばり

七時雨の青い起伏は

また心象のなかにも起伏し

ひとむらのやなぎ木立は

ボルガのきしのそのやなぎ

天椀の孔雀石にひそまり

薬師岱赭のきびしくするどいもりあがり

火口の雪は皺ごと刻み

くらかけのびんかんな稜は

青ぞらに星雲をあげる

398

잇폰기 들판

느닷없이 소나무가 밝아지고
드넓은 들판이 펼쳐지면
아득히 끝없는 건초는 볕에 타고
전신주는 부드럽고 하얀 뚱딴지와 함께
베링시까지 이어지리라
깊은 바다처럼 짙푸른 하늘과
맑아지는 인간의 소원
낙엽송은 다시 싹을 틔우고
환청처럼 투명한 종달새
나나시구레산의 푸른 굴곡은
심상 안에서도 기복을 이룬다
한 무리의 버드나무 숲은
볼가 강가 버드나무를 닮았다
공작석 같은 천공에 숨은
야쿠시산 정상은 어두운 주황빛으로 날카롭게 솟아
화구에 내리는 눈이 주름마다 새겨지고
구라카케산의 민감한 모퉁이는
창공에 성운을 던져 올린다

　　　　（おい　かしは

　　　　　てめいのあだなを

　　　　　やまのたばこの木つていふつてのはほんたうか）

こんなあかるい穹窿と草を

はんにちゆつくりあるくことは

いつたいなんといふおんけいだらう

わたくしはそれをはりつけとでもとりかへる

こひびととひとめみることでさへさうでないか

　　　　　（おい　やまのたばこの木

　　　　　　あんまりへんなをどりをやると

　　　　　　未来派だつていはれるぜ）

わたくしは森やのはらのこひびと

蘆のあひだをがさがさ行けば

つつましく折られたみどりいろの通信は

いつかぽけつとにはひつてゐるし

はやしのくらいとこをあるいてゐると

三日月がたのくちびるのあとで

肱やずぼんがいつぱいになる

        (어이 떡갈나무

        너희들 별명이

        산속의 담배나무라는 게 진짜인가)

이토록 밝은 궁륭과 풀숲을

반나절 천천히 걷는다는 것은

얼마나 멋진 은혜인가

나는 이것을 목숨과도 바꾸리라

사랑하는 사람이 보고 싶은 마음과 같이

        (어이 산속의 담배나무

        너무 이상한 춤을 춘다면

        미래파라고 불릴 거라네)

나는 숲과 들판의 연인

갈대숲 사이를 바스락바스락 가다가 보면

수줍게 접힌 녹색 편지가

어느새 주머니로 들어오고

숲속 어두운 곳을 걷다가 보면

초승달 모양의 입술 자국이

팔꿈치와 바지에 가득하구나

鎔岩流

喪神のしろいかがみが

薬師火口のいただきにかかり

日かげになつた火山礫堆の中腹から

畏るべくかなしむべき砕塊熔岩の黒

わたくしはさつきの柏や松の野原をよぎるときから

なにかあかるい曠原風の情調を

ばらばらにするやうなひどいけしきが

展かれるとはおもつてゐた

けれどもここは空気も深い淵になつてゐて

ごく強力な鬼神たちの棲みかだ

一ぴきの鳥さへも見えない

わたくしがあぶなくその一一の岩塊をふみ

すこしの小高いところにのぼり

さらにつくづくとこの焼石のひろがりをみわたせば

雪を越えてきたつめたい風はみねから吹き

雲はあらはれてつぎからつぎと消え

いちいちの火山塊の黒いかげ

貞享四年のちひさな噴火から

용암류

생기 잃은 흰 거울이

야쿠시산 분화구 정상에 걸리고

용암 파편 뒤덮인 그늘진 산 중턱은

검은 괴상용암으로 두렵고도 슬프다

나는 떡갈나무와 소나무 들판을 스쳐갈 때부터

어쩐지 밝고 환한 광야의 정취를

마구 흐트러뜨릴 엄청난 경치가

펼쳐질 거라고 예상했다

하지만 이곳은 공기도 깊은 못을 이루는

아주 강력한 귀신들의 거처

새 한 마리 보이지 않는다

내가 위태로이 암괴를 하나씩 밟으며

약간 더 높은 곳에 올라

타고 남은 돌들을 지그시 바라보니

눈밭을 넘어온 차가운 바람은 산머리에서 불고

구름은 떠오르기 무섭게 사라져

화산 덩어리 낱낱에 검은 그림자 진다

1687년 일어난 소규모 분화 이래

およそ二百三十五年のあひだに

空気のなかの酸素や炭酸瓦斯

これら清冽な試薬によつて

どれくらゐの風化が行はれ

どんな植物が生えたかを

見ようとして私の来たのに対し

それは恐ろしい二種の苔で答へた

その白つぽい厚いすぎごけの

表面がかさかさに乾いてゐるので

わたくしはまた麺麹ともかんがへ

ちやうどひるの食事をもたないとこから

ひじやうな饗応ともかんずるのだが

　　（なぜならたべものといふものは

　　　それをみてよろこぶもので

　　　それからあとはたべるものだから）

ここらでそんなかんがへは

あんまり僭越かもしれない

とにかくわたくしは荷物をおろし

灰いろの苔に靴やからだを埋め

一つの赤い苹果をたべる

うるうるしながら苹果に噛みつけば

雪を越えてきたつめたい風はみねから吹き

대략 이백삼십오 년 동안

공기 속 산소와 탄산가스

이 차고 깨끗한 시약으로

얼마만큼 풍화가 생기고

어떤 식물이 자랐는지

알아보려고 이곳에 왔는데

어마어마한 이중의 이끼만이 남았다

허옇고 두터운 솔이끼

표면이 바삭바삭 말라 있으니

이건 어쩌면 빵이 아닐까

마침 점심거리도 싸 오지 않아서

융숭한 대접을 받았다는 기분도 드는데

　　(왜냐면 음식이란

　　　우선 눈으로 즐긴 뒤

　　　그다음 먹는 것이니)

이 근방에서 그런 생각은

다소 과할지도 모르겠다

어쨌든 나는 짐을 내리고

잿빛 이끼에 신발과 몸을 묻으며

빨간 사과 한 알을 먹는다

오들오들 떨며 한입 베어 무니

눈밭을 넘어온 찬 바람은 산머리에서 불고

野はらの白樺の葉は紅や金やせはしくゆすれ
北上山地はほのかな幾層の青い縞をつくる
　　（あれがぼくのしやつだ
　　　青いリンネルの農民シヤツだ）

들판의 자작나무 이파리는 홍색 금색으로 분주히 떨리며

기타카미 산지는 은은히 여러 겹 푸른 줄무늬를 그린다

　　(저것은 나의 셔츠다

　　농민의 푸른 리넨 셔츠다)

イーハトヴの氷霧

けさはじつにはじめての凜々しい氷霧だつたから

みんなはまるめろやなにかまで出して歓迎した

이하토브[1] 빙무

오늘 아침 처음으로 위풍당당한 빙무가 끼어
다들 서양 모과다 뭐다 내오며 환영했다

---

[1] 겐지가 고향인 이와테현을 모티프로 삼아 만든 이국적인 조어로 현실과
다른 차원의 이상향을 뜻한다.

冬と銀河ステーシヨン

そらにはちりのやうに小鳥がとび

かげろふや青いギリシヤ文字は

せはしく野はらの雪に燃えます

パツセン大街道のひのきからは

凍つたしづくが燦々と降り

銀河ステーシヨンの遠方シグナルも

けさはまつ赤に濁んでゐます

川はどんどん氷を流してゐるのに

みんなは生ゴムの長靴をはき

狐や犬の毛皮を着て

陶器の露店をひやかしたり

ぶらさがつた章魚を品さだめしたりする

あのにぎやかな土沢の冬の市日です

　　（はんの木とまばゆい雲のアルコホル

　　　あすこにやどりぎの黄金のゴールが

　　　さめざめとしてひかつてもいい）

あゝ　　Josef Pasternack の指揮する

この冬の銀河軽便鉄道は

겨울과 은하 스테이션

하늘에는 티끌처럼 작은 새가 날고
아지랑이와 푸른 그리스 글자는
눈벌판에 분주히 타오릅니다
팟센대로[1] 편백나무에서는
얼어붙은 물방울이 찬란히 떨어지고
멀리 은하 스테이션에서 보낸 시그널도
오늘 아침에는 새빨갛게 가라앉았습니다
강물은 자꾸만 얼음을 흘려보내는데
사람들은 고무장화를 신고
여우나 개의 모피를 입고서
노점에 나온 질그릇을 둘러보거나
축 늘어진 문어의 값을 흥정하는
떠들썩한 쓰치자와[2]의 겨울 장날입니다
　　(알코올처럼 빛나는 구름과 오리나무
　　거기에 겨우살이 황금빛 열매가
　　싱그럽게 반짝이고 있어도 좋겠다)
아아　지휘자는 Josef Pasternack[3]
이 겨울 은하철도는

411

幾重のあえかな氷をくぐり

　（でんしんばしらの赤い碍子と松の森）

にせものの金のメタルをぶらさげて

茶いろの瞳をりんと張り

つめたく青らむ天椀の下

うららかな雪の台地を急ぐもの

　（窓のガラスの氷の羊歯は

　　だんだん白い湯気にかはる）

パツセン大街道のひのきから

しづくは燃えていちめんに降り

はねあがる青い枝や

紅玉やトパースまたいろいろのスペクトルや

もうまるで市場のやうな盛んな取引です

몇 겹의 엷은 얼음을 빠져나와

　(전신주의 붉은 절연체와 솔숲)

가짜 금메달을 늘어뜨리고

갈색 눈동자를 부릅뜨고서

차고 파란 하늘 그릇 아래

빛나는 눈밭 위를 서둘러 달립니다

　(유리창에 낀 얼음 이끼는

　점차 하얀 수증기로 변한다)

큰길가 편백나무에서

물방울은 불타 후드득 떨어지고

튕겨 오르는 푸른 나뭇가지와

홍옥과 토파즈와 온갖 스펙트럼이

그야말로 시장처럼 분주한 모습입니다

1　하나마키와 가마구치를 잇는 대로에 겐지가 붙인 이름. 팟센은 마음에 든
　다는 뜻의 독일어 'passen', 사람들이 많이 다니는 번잡한 길이라는 뜻의
　프랑스어 'passant'를 연상시키는데, 이와테 경전철의 기점인 '하나마키'
　와 종점인 '센닌 고개'의 머리글자 '하센'을 팟센으로 만들었다는 주장도
　있다.
2　하나마키시의 번화한 마을. 《은하철도의 밤》에 나오는 우주로 떠나는 열
　차는 쓰지자와 역에서 발차한다.
3　당시 빅터 레코드사의 음악감독으로 빅터 콘서트 오케스트라를 지휘했
　다. 폴란드에서 미국으로 이주한 음악가이다.

여기에는 부록으로 두 편의 시를 실었습니다. 〈비에도 지지 않고〉는 겐지가 세상을 뜬 뒤 남겨진 수첩에서 발견된 시입니다. 이 시에는 척박한 환경에서 살아가는 고향 마을 사람들에게 노동과 예술, 과학과 종교를 접목해 더 나은 삶을 제시하고자 평생을 애쓴 그의 마지막 숨과도 같은 토로가 담겨 있습니다.

〈별자리의 노래〉는 겐지가 아이들에게 고개를 들어 멀리 드높은 우주를 바라보며 살자는 뜻에서 지은 동화 《쌍둥이별》에 나오는 노래입니다. 동화 속 쌍둥이별은 밤마다 울려 퍼지는 별자리의 노래에 맞춰 은피리를 불고, 이것은 두 작은 별에게 주어진 피할 수 없는 역할이자 숙명입니다. 겐지는 이 시에 직접 곡을 붙여서 기근과 노동의 고단함에 내몰렸던 마을 아이들과 함께 노래로 부르고는 했습니다.

雨ニモマケズ

雨ニモマケズ

風ニモマケズ

雪ニモ夏ノ暑サニモマケヌ

丈夫ナカラダヲモチ

慾ハナク

決シテ瞋ラズ

イツモシヅカニワラッテヰル

一日ニ玄米四合ト

味噌ト少シノ野菜ヲタベ

アラユルコトヲ

ジブンヲカンジョウニ入レズニ

ヨクミキキシワカリ

ソシテワスレズ

野原ノ松ノ林ノ蔭ノ

小サナ萱ブキノ小屋ニヰテ

東ニ病気ノコドモアレバ

行ッテ看病シテヤリ

西ニツカレタ母アレバ

비에도 지지 않고

비에도 지지 않고

바람에도 지지 않고

눈에도 여름날 더위에도 지지 않는

튼튼한 몸을 지니며

욕심이 없이

화내는 법도 없이

언제나 조용히 미소 짓는다

하루에 현미 네 홉과

된장과 약간의 채소를 먹으며

세상 모든 일을

제 몫을 셈하지 않고

잘 보고 듣고 헤아려

그리하여 잊지 않고

들판 솔숲 그늘 아래

작은 초가지붕 오두막에 몸을 누이며

동쪽에 아픈 아이 있으면

가서 보살펴 주고

서쪽에 지친 어머니 있으면

行ッテソノ稲ノ束ヲ負ヒ

南ニ死ニサウナ人アレバ

行ッテコハガラナクテモイヽトイヒ

北ニケンクヮヤソショウガアレバ

ツマラナイカラヤメロトイヒ

ヒドリノトキハナミダヲナガシ

サムサノナツハオロオロアルキ

ミンナニデクノボートヨバレ

ホメラレモセズ

クニモサレズ

サウイフモノニ

ワタシハナリタイ

가서 그 볏짐을 지고

남쪽에 죽어가는 사람 있으면

가서 무서울 것 없으니 괜찮다 하고

북쪽에 싸움이나 소송 있으면

부질없는 짓이니 그만두라 하고

가뭄 든 때에는 눈물 흘리고

추위 든 여름에는 버둥버둥 걸으며

모두에게 바보라 불리고

칭찬도 받지 않고

고통도 주지 않는

그런 사람이

나는 되고 싶네

星めぐりの歌

あかいめだまの　　さそり
ひろげた鷲の　　　つばさ
あをいめだまの　　小いぬ、
ひかりのへびの　　とぐろ。

オリオンは高く　　うたひ
つゆとしもとを　　おとす、
アンドロメダの　　くもは
さかなのくちの　　かたち。

大ぐまのあしを　　きたに
五つのばした　　　ところ。
小熊のひたいの　　うへは
そらのめぐりの　　めあて。

별자리의 노래

붉은 눈 반짝이는   전갈
활짝 편 독수리의   날개
파란 눈 반짝이는   작은개,
미끈히 빛나는 뱀   똬리.

오리온은 높이 떠   노래해
이슬과 서리같이   내리네,
안드로메다자리   성운은
물고기 입 모양을   닮았네.

큰곰의 다리를   북으로
다섯 배 늘려놓은   곳에는.
작은곰의 이마 위   북극성
밤하늘 별자리의   표준.

> 만약 바람과 빛 속에 나를 잊고 세상이 나의 정
> 원이 되어, 혹은 은하계 전체가 한 사람의 나라
> 고 느낄 수 있다면 즐겁지 않겠니

겐지가 아홉 살 터울의 남동생에게 쓴 편지의 이 구절
을 좋아한다. 《봄과 아수라》를 비롯해 겐지의 작품 전
체를 아우르는 세계관이 여기 있다. 드넓은 은하계 안
에서 미립자보다 작은 크기로 존재하는 나라는 인간이
물과 바람과 빛과 별과 그 모든 풍경을 아우르는 전체
와 같다는. 나는 나를 부속품으로 격하시켜 좁디좁은
마음으로 살고 있는 건 아닐까. 설사 거대한 시스템 속
에서 실제로 내가 그렇게 살고 있다 해도, 나라는 인간
을 이루는 원천은 결국 나의 마음인 것을. 그렇다 해도
은하계 전체가 한 사람의 나라니, 정말이지 아무나 편
지에 끼적거리지 못할 담대한 접근이다.

　서른일곱 해를 살다 간 겐지의 길지 않은 한평생
은 몹시도 분주했다. 그의 고향인 도호쿠 지방은 지난
2011년 3월 거대한 쓰나미로 지금도 아픔이 남아 있는

곳으로 겐지가 살았던 당시에도 쓰나미, 가뭄, 홍수, 산사태 등 온갖 자연재해로 척박했다. 당연히 농민들은 가난했고, 아이들은 굶주렸다. 겐지는 자기를 둘러싼 세상이라는 황폐한 정원을 동화와 시, 음악과 종교, 화학과 지질학과 기상학과 새로운 농업 기술 등등 그가 할 수 있는 거의 모든 수단을 동원해 어떻게든 가꾸려 애썼다. 그가 생전에 자비로 출간한 책은 시집 《봄과 아수라》와 동화 《주문이 많은 요리점》 단 두 권뿐으로 둘 다 거의 팔리지 않고 잊히는 듯했지만, 겐지의 뛰어난 문학성과 예술성에 매료된 후배 시인들이 그의 작품들을 발굴해 세상에 알렸다. 일본에서 가장 사랑받는 시인이자 동화작가이며, 만화영화 〈은하철도 999〉의 모티프가 된 만큼 우리에게도 잊지 못할 영감을 남긴 미야자와 겐지. '겐지'라는 현상은 흡사 작은 별처럼 오래도록 깜박이며 여전히 꺼지지 않고 있다.

끝으로 그가 쓴 《농민예술개론요강》의 서문과 함께, 결국 그에게 시란 무엇이었는지 되새겨 보려 한다.

……우리는 이제 다 함께 무엇을 논할까……
우리는 모두 농민이다 꽤나 바쁘고 일도 고되다

하지만 보다 밝고 생기 있게 생활할 길을 찾고 싶다

우리의 옛 스승들 중에도 그런 사람이 적지 않았다

근대과학의 실증, 구도자들의 실험, 우리의 직관이 일치를 이루는 지점은 어디일까

세계가 모두 행복해지지 않는 한 개인의 행복은 있을 수 없다

자아의 의식은 개인에서부터 집단 사회 우주로 점차 진화한다

이 같은 방향은 이미 오래전에 성자가 다루고 가르친 길이 아닌가

새로운 시대는 세계가 하나의 의식을 이루어 생물이 되는 과정에 있다

올바르고 굳센 삶이란 은하계를 자기 안에 의식하며 이에 따라 나아가는 것이다

우리는 세계의 진정한 행복을 모색하자 구도 求道는 곧 이 길이다

정수윤